左手孟子右手梦

◎ 高发奎 著

北方妇女儿童出版社

图书在版编目(ＣＩＰ)数据

左手孟子右手梦 / 高发奎著. －－ 长春：北方妇女
儿童出版社, 2018.9
ISBN 978-7-5585-2712-8

Ⅰ.①左… Ⅱ.①高… Ⅲ.①诗集－中国－当代
Ⅳ.①I227

中国版本图书馆 CIP 数据核字(2018)第 216191 号

出 版 人	刘　刚	
责任编辑	张晓峰	
封面设计	文　丰	
开　　本	880×1230mm　1/32	
印　　张	7.75	
字　　数	150 千字	
印　　刷	潍坊新天地印务有限公司	
版　　次	2018 年 9 月第 1 版	
印　　次	2022 年 8 月第 3 次印刷	

出　　版	北方妇女儿童出版社
发　　行	北方妇女儿童出版社
地　　址	长春市人民大街 4646 号
	邮　编：130021
电　　话	编辑部：0431-86037512
	发行科：0431-85640624

印　　数	1-2000 册
定　　价	48.00 元

序： 写诗,贵在有个性

文友吴宝华来电,说邹城有个诗人准备出诗集,你能否为他写个序,我说把他的诗歌发来看看,我能否找到感觉。她把高发奎的诗发我信箱,第一首写李敖的诗就把我抓住了。"李敖、李敖、李敖,五百年来写白话文写得最好的三个人/李敖走了,步他的后尘吧,接过他的'金箍棒'/高发奎、高发奎、高发奎,五百年后写新诗写得'最好'的三个人"感觉立即告诉我:这是一个有个性的诗人。诗如其人,从诗中可以看出一个诗人的个性,乃至他的性格、追求、文化涵养、审美眼光。有个性的诗人诗决不会俗。我便有了读他诗的兴趣。

高发奎,山东邹城人,我虽在江苏,在苏北,和邹城相距并不远,我曾去过峄山,登临泰山,对孔孟之乡齐鲁文化尤为关注。这块历史悠久文化深厚的土地养育出了一个非常有个性的诗人,他的不少新诗都有这方土地的痕印。如组诗《左手孟子右手梦》中的:

《立春,我是孟子思想孕育的花骨朵》

如果可以,我愿做孟庙里的一棵树或者

散发着勃勃生机的柏树枝

或者枝上的一只灰鹤

抑或一片银杏叶

如果可以，我愿为孟府里的一只蚯蚓或者

荡漾着月色的竹简

或者前学后学讲桌上的戒尺

抑或碑刻上的小篆

如果可以，举起阳光，举起水

举起粮食与村庄

举起儒学

举起爱

举起我们的春天

春天是孟子思想孕育的梦

举起我的梦

梦是春天含苞的花朵

这诗，很耐品，诗人把自己喻为孟庙中的一棵树、一只灰鹤、一片银杏叶、一只蚯蚓、一片竹简，乃至讲桌上的戒尺、碑刻上的小篆，引发了我无尽的联想。而右手中的梦呢？那是孟子思想孕育的梦，这梦，在诗人心中，"是春天含苞的花朵"，作者把一个伟大而崇高的思想理念，融入美丽的诗句中，这就是诗的魅力。

诗集中，一首《大运河，一个母亲的梦》我读了倍感亲切：

青春给予我们的,我们必将还给青春

母亲给予我们的,我们总是忘却

我们远离老树的皱纹

皱纹却步步紧逼

步步惊心

步步慢

一个母亲一生的寄托

一个母亲唯一的梦

左手,黄河

右手,长江

大运河就像一个纽带

牵着惊心动魄,牵着一马平川

三十年前,我没有怕

后三十年,我可有悔

大运河,你可听见游子的笑

我却看见母亲架设的桥

在中国广袤的大地上,黄河长江就是我们的母亲河,而大运河呢,也是我们的母亲河,她像一个纽带连起南北,她是中华文明智慧的体现,是民族精神的写照,大运河从北方流来,流经我的家乡沛县。前两年,我曾写过一首歌词《运河放歌》,由德州电视台作曲家常连祥作曲并制作成歌。引发我联想的是:"青春给予我们的,我们必将还给青春,母亲给予我们的,我们总是忘却,我们远离老树的皱纹,皱纹却步步紧逼"这不仅是写的运河,也写的是天下许多的河流,包括生养我们的亲人。

　　季节(节气)是许多诗人选择写诗的题材。但像发奎这样写了二十四首,写得这么好,我在诗坛还不多见,作者从立春始,到大寒终,把节气和土地以及农民的心情挥洒得淋漓尽致,让我感到温馨温暖,联想多多,先看看这首《立春》:

　　可怜的老朋友,立春了
　　你还是那么的精神焕发
　　那么的逞强
　　那么的伪装

　　地下诗人还在地下挣扎
　　倔强的种子继续它倔强的梦
　　洁白的雪坚守着它的圣洁
　　白马河上游的水有点蠢蠢欲动

　　生命在复苏
　　唐王湖岸边的柳树在抽芽
　　从乌镇吹来的春风
　　扰乱了你的相思

　　仿佛每天都在天天向上
　　一切蒙在鼓里

伫立在护驾山的木梯上

云朵在聚集

作者把季节的到来和家乡的景物联系在一起,白马河、护驾山、唐王湖,应是诗人常去的地方吧?而春风是从江南吹来的,是从著名作家茅盾的故乡乌镇吹来的,多少相思。值得玩味。

春色三分

二分尘土

一分流水

你能不能一分为二

一半陪着白天

一半陪着黑夜

白天的河流抑制了疼痛

所以黑夜你听到了婴儿的哭声(《春分》)

小麦的花

见过的有几人

布谷的叫声

听懂的有几人(《小满》)

来一场雨吧

一场秋雨一场寒

气氛太闷

你不要无精打采

试着给她一个吻

多久了

多久没有吻她了(《立秋》)

寒潮南下

逼近江南逼近屯溪逼近西湖

我心依旧

等燕归等当归等你归

就这样远去

在变老之前远去

去步你的后尘

去寻找春天遗失的美好(《大寒》)

这些季节诗,每一首都有思想,都有联想,都有见解,都有画面,令人品读不止。

读了发奎的诗,掩卷而思,有一种美的享受,这种美,有思想境界的美,有地域文化的美,有孔孟之乡儒家文化的美,有孝行天下的美,有来自泰山、峄山、黄河、运河的祖国山河的美,而这些美是通过诗人的眼睛、心灵传达给我们的,诗人的文字不直不白不浅,也不晦涩难懂,我赞成宝华的评价:他的诗接地气,通民心,手法比较新颖,表达方式独特。我感觉他的诗风格已经形成。

诗人,大多是孤独的。发奎有一首诗《土的孤独》,"那土孤独得只剩下眼前的寒冬腊月的天空,寸草不生"。而诗人的哲思就隐藏在这孤独之中,孤独是一口井,总能喷发出拨动人心的诗句。

从发奎的诗中,我感觉出他有很好的百年新诗的积累和修养,他研究过徐志摩、林徽因、戴望舒、海子,当然,也有北岛、舒婷、顾成等诗人。他的心曾在中国传统文化和古诗词中沉淀,他不会停止追求的脚步。博览群书,把世界装在心中,不断在古今中外的文化宝藏中徜徉吸收,不断地创作实践,他定会成大器。

远离浮躁,以作品说话,以诗说话,愿和发奎共勉。

发奎的诗集容量很大,这里举例点评的只是其中一点点,愿读者沉入诗中,细细品味感悟,定会受益。

是为序。

吴广川

2018 年 6 月 1 日

于汉皇故里

(吴广川 中国作家协会会员,中国音乐家协会会员,江苏戏剧家协会会员,《诗刊》子曰诗社理事。出版文集《故乡寻梦》,歌词集《梦中的母亲》《望月》,评论集《词林漫笔》。曾任江苏沛县文化馆党支部书记兼副馆长,现为沛县文学创作团常务副团长)

自序：有了感觉，我是不是还是选择沉默

"为什么我的眼里常含着泪水？"

我问艾青，我问我们深深恋着的大地，大地无语。

我问高尔基，我问我们赞扬的海燕，海燕高傲地飞翔。

我问雪莱，我问预言春天到来的西风，西风肆虐着大地。

我问济慈，我问希腊古瓮，我问夜莺，我看见出没于森林的精灵。

我问拜伦，我问唐璜，我问哭泣的贵妇人，我问但丁，我问梦游者。

"我问百年之前的鲁迅，世上果真没有路吗？走得多了，就成了路。"

我不问，我不语，我不要一声叹息，我不要一地鸡毛，我不要一地蒜皮；我不要，我不做，我不做你的玫瑰，我不做你的雨露，我不做你的傀儡；纵使木讷，我做自己的木偶；纵使遥远，我依然遥望；纵使前途迷茫，我依旧向前；纵使伤痕累累，我不怕你揭开久远的伤疤，不怕你往伤口上撒盐，不怕不

怕了。我不怕所谓的"恶魔",所谓的"纸老虎",所谓的"虚情假意"。

诗歌是人类最美的语言!

诗歌是世间最高贵的灵魂!

诗歌是个冷美人。

"诗歌不是语言的意外,而是意外的语言。"我努力地靠近,认真地学习;捕捉灵感,灵感不是每个人都能够遇到;即使遇到,也不是每个人都可以抓得住;即使抓得住,也未必可以驾驭——

新诗百年。无独有偶。诗人如雨后春笋般涌出,比比皆是。在大街上行走,甚至一阵风可以刮到一个人,那个人极有可能就是诗人。

我曾经写过,不是所有写诗的人都是诗人,不是所有的诗人都用良心写作。

独坐窗前,对面的护驾山,绿意盎然。我看见,一只白色的精灵,飞来飞去。它知道不远的地方,有一片古树林;它知道,北方有庙,其名孟庙;它知道,孟子正在讲学;后来的我们,正在修学游。

山下有湖,其名唐王湖;湖里有水,通往白马河;河上有树,其名毛白杨;树下有路,通往故下村;倘若你深秋再来,恐怕你只能看到一片废墟;而这本诗集恰巧弥补了某种缺陷,呈现了乡村的美,还有那些浓得化不开的乡愁,遥不可及的童年,懵懵懂懂的少年时代,五味杂陈的"人生大学"。

人生，不可能一帆风顺。

人，生下来，也不是一帆风顺的。

做就做那个"帆"吧，像莱蒙托夫说的那样，一只孤独的船在大海上航行——头顶是金色的太阳，向前，向前，再向前！

我，也不列外。甚至更"惨"。可我一如既往地坚持真理，甚至从哪里跌倒又从哪里爬起来。正如普希金说的那样，假如生活欺骗了你，不要悲伤……快乐的日子将会来临。

"孤独是一个人的狂欢，狂欢是一群人的孤独。"我也曾经孤独过，一个人在一个鬼地方，一待就是好多天。比隐士还隐士，比绅士还绅士，我就是那只荆棘鸟。

历尽坎坷的人生，才是完整的。

历经坎坷的作品，才更加完美。

一本诗集的问世，或许遭到白眼与冷漠；没关系的，只有懂的人懂它；不懂的人继续他们的冷嘲热讽，甚至继续他们的"行尸走肉"，或者继续出卖他们的"灵魂"。灵魂，其实每个人都有的。只不过，有的人出卖给了"上帝"；有的人出卖给了"魔鬼"；还有的人让自己的灵魂更加高贵，命运理应掌握在自己的手里。受点苦，又算得了什么？

他说，风雨中，这点苦，算什么？

苦与痛，却是攀登的两个台阶，沉默是攀登的另一个台阶——你看吧，无限风光在险峰！

如惠特曼的《草叶集》，如波德莱尔的《恶之花》，如艾略特的《荒原》，如高发奎的这本《左手孟子右手梦》。亲爱的读者们：你们是幸运的，一部"伟大"的作品就在你们的眼前，一个"伟大"的诗人就在你们的身边，欢呼吧，你们是智慧的化身！

诗歌是智慧的女神。

爱情与诗歌是一对孪生姐妹。

有了感觉，我还是选择沉默——这是我在诗集《我从孟子故里来》里的一首小诗。

寻找一个像樱花一样的女子，这是今年春天我应时而写的。

有了感觉，我是不是还是选择沉默。

偏偏徐志摩遇见了林徽因，偏偏张爱玲遇见了胡兰成，偏偏花大姐遇见了"胆小鬼"；偏偏他们才华横溢，偏偏她们微微一笑很倾城。

再别康桥，再也找不到翡冷翠的那一夜了。

撑着油纸伞的，是戴望舒还是望舒草，是否逢着一个丁香一样的姑娘？

李金发说，生命便是死神唇边的笑。

爱与死，也是这本诗集的特色。爱得深沉，爱得缠绵，爱得死去活来，爱得天昏地暗，爱得矜持，爱得懦弱，爱得小心翼翼，小心翼翼地接近你的倒影……死得伟大。或者向生而死，或者向死而生。

春天，十个海子全部复活。

顾城，我看你时很远，我看云时很近；我们差一点擦肩而过,只因为有诗的指引,在诗歌的世界,心灵是相通的,我们站着,不说话,就十分美好。

只因我生活在孟子故里么?

——左手孟子右手梦!

高发奎

2018.5.26

目　录

诗人之歌

——献给李敖与写诗的先行者

1

李敖走了
犹如晴天霹雳

李敖走了
那个桀骜一生的人

李敖、李敖、李敖
五百年来写白话文写得最好的三个人

李敖走了
步他的后尘吧，接过他的"金箍棒"

高发奎、高发奎、高发奎
五百年后写新诗写得"最好"的三个人

我们缺乏李大师的霸气

所以我特加了双引号

2

照照镜子,还有谁的面具
没有隐形
擦擦面具,还有谁的镜子
没有蒙尘

摘掉你的面具吧,一层一层
粉底液、粉底霜、粉底膏、粉底下的春天
在尖叫,小嘴如樱桃
小心点,还有什么不能惹火

小鬼纷纷潜逃
霓虹灯闪烁
唐王湖的静默
不及日月潭的纷纷扰扰

一轮明月满乾坤
趁着夜色皎洁
魂归故里,天地氤氲
余光中的乡愁早已化作了清明前的雨

3

江南的女子采茶忙

明前的茶最香
绿茶、红茶、黑茶、白茶
茶好了，水呢

黄河之水天上来
如观音菩萨的救世之水
清者自清
如出淤泥而不染的荷花

如滚滚长江东逝水
大浪淘沙，浊浪排空
给我长江水
一瓢足以还你一碗大碗茶

阿里山的姑娘
是否想起我
妹妹，你是水
我是山，山不转水转

4

挥一挥衣袖，带不走的
只有你，康桥的云彩
还在剑桥的上空闲游
我们多次在开山寻你而不遇

人间已是四月，你是云烟里的新绿

你的笑,如屋檐下悬挂的风铃
风吹或者不吹,如露珠
滴在百合花的蕊中

想必江南的四月,梅雨
开始了新的旅途,那么的小心翼翼
撑着油纸伞,如戴望舒在寂寥而悠长的雨巷
逢着一个结着愁怨的丁香姑娘

别了,徐志摩
别了,林徽因
别了,戴望舒
别了,李敖

5

天妒英才,老天总是垂青那些平庸之人
司马光砸缸后拯救过的那个牧童
曹冲称象时赶大象下船的小奴
匡衡凿壁偷光前侮辱他的花农

天,你怎么那么狠心
哪一个生命,不是你的子民
天啊,你为何如此地嫉妒
哪一个英雄,不是你的荣光

春天,十个海子已经复活

你拿什么迎接滴露的村庄
晨曦的第一道光
请献给我们的瘦哥哥

一个交给铁轨,一个交给铁斧
鲜活的生命,海子与顾城
统统与铁扯上了关系
倘若打磨成了镰刀,又可以"刈麦"

6

美丽的人儿,只有我配
这样喊你,没有一点冒犯的意味
既不轻薄,也不浅薄
既不卑微,更不猥琐

美丽,无人可比
蒙娜丽莎缺乏你的东方神韵
自由女神像,哪有你的自由
迎着风奔跑

奔跑吧,草原上的四姐妹
奔跑吧,冰山上的来客
奔跑吧,彩云之南的姑娘
奔跑吧,孔雀东南飞

美丽的女神,只有我肯为你

献出角膜,让你看清了什么是黑
什么是白
什么是狼心狗肺

7

高贵的灵魂如女神
敲过你的门
你听,我们对夜的赞歌
你瞧,我们对光的图腾

她的丰姿,无人代替
那些暴躁不安的灵魂,那些疯子
那些酒鬼,那些赌徒,那些铤而走险的初犯
如婴儿般安静,把月色当成了母乳

黑夜分娩黎明
黎明分娩正义
羊不说话,挂在墙上打了卷的年画
也不说话,更不会叹息

我就要起身走了,忽闻
岸上踏歌声
杨柳青青,杨柳依依
青青是我的情,依依可是你的心

左手孟子右手梦（组诗）

立春，我是孟子思想孕育的花骨朵

如果可以，我愿做孟庙里的一棵树或者
散发着勃勃生机的柏树枝
或者枝上的一只灰鹤
抑或一片银杏叶

如果可以，我愿为孟府里的一只蚯蚓或者
荡漾着月色的竹简
或者前学后学讲桌上的戒尺
抑或碑刻上的小篆

如果可以，举起阳光，举起水
举起粮食与村庄
举起儒学
举起爱

举起我们的春天

春天是孟子思想孕育的梦
举起我的梦
梦是春天含苞的花朵

雨水，我不知道怎样爱你

没有你，我不知道徘徊又悠长的雨巷
该如何收场
没有你，我不知道深情又寂静的西湖
又如何守望

雨水，我不知道怎样爱你
好比我不知道风从哪个方向吹
草木萌动，我的心也在蠢蠢欲动
护驾山啊，我寄给你的信件

天空正轻轻地打开
从西沙飘来的蔚蓝，海的味道
从黄山赶来的洁白，云的样子
从婺源袭来的金黄，花的心事

我的心思，你永远不会不懂
上山，看鸿雁来
下山，放鱼儿生
雨水，我不知道该怎样爱你

惊蛰，惊不醒蛰伏的你

杏花惊蛰寒，我徒步在顺河路上
春愁来无影，你蛰伏在唐王湖底
粉墨争先恐后地登场
鸟语四面八方地花香

桃花，杏花，蔷薇花
我在追寻
追寻你的气息，春的气息
追寻你的声音，雷的声音

富贵，威武，贫贱
我在坚守
坚守你的情操，浩然之气
坚守你的信仰，以人为本

许我半池湖水，种上藕
等夏至，我来看你
看云的看云
看水的看水

春分，与你策马奔腾

日与夜，峄山论剑
大与小，孔融让梨
远与近，一个天涯一个海角

买与卖,一念天堂一念地狱

春分时分,阳光明媚
千里马,从骨子里流露的傲慢
伯乐,从眼神里折射的睿智
我有我的情感,你有你的偏见

与你策马奔腾,浪迹天涯
三拜盘龙柱,魂牵梦绕
如释重负,一一放下十字架
白云深处,安营扎寨

八里沟,九里涧,十里铺
条条道路通云轨
望云河,石墙河,大沙河
条条河流入白马

清明,这辈子我还记得你

还乡,常有女人指指天指指地
铺在护驾山的灰黄色地毯已经绿了
还魂,这辈子我还记得你
跌入白马河里的月亮已经被打捞起

从南,从东,从北,从西,数
北宿,南屯,东滩,鲍店,围着的

煤煤煤,究竟有多少火
妹妹妹,到底有多么美

地下有乌金,我的故下
膝下有黄金,我的膝下
奶奶走的时候,我久久地跪着
地上还有煤,炉里还有火

清明,这辈子我还记得你
那个异乡的女子,那么的纵身一跳
请原谅我的怯懦,我的无助
你殉情的地方,美其名:莫愁湖

谷雨,让种子飞

桃花劫,春风逃之夭夭
誓言如上磨石岭的磨石,石沉大海
繁花乱坠,我丢了我的钥匙
摩托车,我推着走,我的心还在跳

如上世纪的骑士,与大风车决斗
我是一个诗人,手里的套马杆如何安放
好比熙熙攘攘的城市,灵魂安在何方
胆小鬼还是那只待宰的羔羊

初出茅庐

104 国道的毛白杨,整装待发
让种子飞
345 省道的黄金柳,万箭齐发

洛阳纸贵,口罩与过敏药,水涨船高
让种子飞,柳絮如雪,杨棉似雾凇
林花谢了太匆匆
让生命繁衍生命

立夏,抬抬头望望天

老龙湾的梨花,化成了五宝庵山上的云
王庙村的王哥,幽默
三句话,解了我
郁闷了三年的结

滑降河的水,香湖的荷花,荷花的眼泪
引来了屯溪的雨
谷堆村的许哥,好客
我的心如北宿的黄金梨一样甜蜜

得走了,唐王湖里的青蛙出现了幻觉
一会儿王子,一会儿贫儿
狂风暴雨,也挡不住我的步伐
雄赳赳,气昂昂,奔向田黄

杀鬼子,我从不含糊
俯首甘为孺子牛,以十二分的虔诚
抬头望天,瓦尔登湖的深蓝
告诉我的,我会告诉每一个追梦人

小满,以母亲的名义送你邀请函

麦子灌浆,送你的邀请函
还在路上
败酱草还在疯长
女儿的下牙又掉了,把它交给老家的红瓦

我总是粗心大意,母亲的头顶落了雪花
我的眼角也添了鱼尾纹
再也回不去的童年
总是想起和外公一起看瓜的夏天

外公赏我的狼毫毛笔,不知丢在何处
一千年前,我在何处
一千年以后,我又在何方
我写给你的情诗,又重新风靡

当你发现我以母亲的名义送你的邀请函时
当你轻轻地打开,我已经风化成古城的废墟
——有了感觉,我还是
选择沉默

芒种,石头的偏好

北方忙收
南方忙种
偷偷摸摸与光明正大
我更偏向于后者

麦子熟了,我在看山,姐姐
山上的石头会唱歌,哪个石头是你
稻子种了,我在看云,姐姐
云下的风儿会跳舞,你是哪朵云儿

山有山的脾气,有的稳如泰山
有的冷如雪山
有的热情如维苏威火山
我们在稽灵山下密谈,有石头滚落

一条五步蛇,一命呜呼
北方割麦,我在南方求学
——我从孟子故里来
南方插秧,我不是故意讲学

夏至,君不见

夏至未至,君不见黄河的水九曲十八弯
君不见我抱着胡杨,千年不倒

君不见我拉着刚果贫民窟的小孩,如活生生的木乃伊
君不见我的海洋淹没了你的口水与嘲笑

夏来了,太阳还原成最初的暴君
君不见撒哈拉沙漠更像金粉的世界,粉饰太平
君不见地震与海啸,也来捧场
君不见情人的嘴唇干了,涂了乌鸦的颜色

风也来了,致敬塑料的招牌,落——下——来
一场意外,有惊无险
再轻的塑料也轻不过鹅毛
再美的羽毛也美不过大雪

雨也不甘示弱,文化广场张贴的小广告
模糊了雨中醒来的铜像
母亲抱着孩子,孩子抱着布娃娃
君不见我抱着泡沫,试着写下:相信太阳

小暑,在漆女城遗址墓碑前独坐

指甲花开了,三姑的脸涨得通红
用白矾包上,我的指甲染得白里透红
第六个媒婆,气喘吁吁
第三个黑脸汉子,牵走了惊慌失措的她

像牵走一只波尔山羊

天空被撕了一个口子,冰雹应时而落
媒婆的额头,发青
如一条慵懒的豆虫

拔地而起的禾苗,突突的长
千军万马似的,我听见漆女的一声号令
穿越时空,几千年的风风雨雨
忧国忧民,多么希望前有古人,后有来者

小暑,在漆女城遗址墓碑前独坐
三十而立,我立在草丛里,如鹤立鸡群
三姑步了三毛的后尘,十年之久
眼睁睁地看着自己滚进四十不惑的旋涡中

大暑,迎娶结着愁怨的新娘

今夜,我只饮下你从黄山寄来的黄梅酒
今夜,你依靠在古徽州的马头墙旁
清瘦是今夜的主题,月儿是今夜的演员
暑气来袭,丁香花静默

上坟
请祖
说一些吉祥的话
磕三个感恩的头

大暑,我的血液沸腾

血往上涌，我有一张桃花脸
我的世界，交给了春天
引来看热闹的蜂蝶

迎娶结着愁怨的新娘
手中的秤杆，挑起红盖头
谁是那定盘的星
秤砣是否还在江南的某个雨巷

立秋，我在水井旁读海子的诗

九月的云，展开……
九月的云，被风吹成无数个婆娘
无数个饱满的乳房
我读海子的诗，在村北的水井旁

老羊厂，老北屯，老罗厂，老西故
我寻找，我徘徊，我探望，我挽留
"得之，我幸；不得，我命"
徐志摩说得我无地之容

母亲说，世上的书，你如何读得完
左手海子，右手顾城
左眼徐志摩，右眼戴望舒
左心房济慈，右心房拜伦

婆娘哭得跟刘备似的

天,要下雨了
我躲在老家的水井旁
翻着海子的诗,天又一次妒英才

处暑,七秒的记忆

再见吧,我只有七秒的记忆
再见吧,处暑
再见吧,陈年老醋
我的嗅觉已经失灵

喜马拉雅山已经飞雪
你是谁
高粱拿来酿酒
芝麻拿来磨油

酒后,吐真言
磨前,转几圈
你是谁
内蒙古的草原已泛黄

我的嗅觉已经失灵
记忆只有七秒
不要问我从哪里来
——我从孟子故里来

白露, 露白

露从今夜白
我的小窗
继续等
等秦朝的月亮

等你怒发冲冠
等她继续弹
小路弯弯
像香城的五宝庵

谁曾望见菩萨落泪
华佗庙里的金漆
我拿来入药
拯救涉世太深的荷花姐姐

夜, 有点凉了
唐王湖底下的藕
等挖藕人
一节一节, 像姐姐的胳膊

秋分, 我愿做一朵孤独的流云

漂洋过海, 我在你的梦里
多么可笑, 一个深深地爱着祖国的人

冒充了假洋鬼子
多么可怜，我还是那个迂腐的孔乙己

翻山越岭，我去你的城市
多么羞涩，一个两袖只剩清风的人
伪装成了灰太狼
多么可爱，我还做你嘴里的羔羊

精耕细作，我回我的家乡
多么清新，一个灵魂纯净的人
左手大豆右手高粱
多么可心，我还是忘不了纸飞机

秋分，我愿做一朵流云
纵使只剩下孤独
你走
我也走

寒露，死神唇边的笑

天凉了，添件薄衫
你的青春撞弯了我的腰
时过境迁
我找不到遗失的美好

起风了，分外妖娆

你的黄金换不回孙二娘的
回眸一笑
杏黄旗继续飘摇

我不做英雄,我不喜欢隐姓埋名
金子埋在地下久了,就没了发光的欲望
酒香也怕巷子深
一百单八将啊,让我们再醉一场

千年前的寒露,滴在孟庙的侧柏树上
千年后的我,恰巧路过
一滴寒露凝成了眉间的美人痣
生命便是死神唇边的笑

霜降,霜降

努力挤出几滴眼泪
尽力不要笑出声
又一个孝子
又一场孝与顺的闹剧

趴在耸起的土堆
哭他的爹娘
小小的拳头
像烫了头的波斯菊

努力再努力

索性让挣扎了一夜的霜
涂抹她干净的一生
让她的血

更加沸腾
在她捐赠的小小的生命里
让她伟大而寂寞的爱
融化一些霜花

立冬,我们握手言和

白马河的水,歇一歇吧
你的前世,我已查明
你是雪
你是母亲的泪

护驾山的风,停一停吧
你的来生,我来证明
你是梦
你是爱人的影

开始,我们哭
结束,我们哭
从诺曼底登陆的爱情
战争召唤着和平

水结冰,地上冻

木材取火
我们不曾忘记钻木取火
立冬,我们握手言和

小雪,我拿你的牌坊与魔鬼打赌

你的门前有云
浅色的,深一点的
灰色的,乌黑一些的
醒着的,醉醺醺的

在小雪的节气,下点小雪
去小雪的地方,寻找牌坊
天一黑,大地更加暗淡无光
灯一灭,村庄更加鸦雀无声

几千年了,你是睡着还是
醒了
几千次了,你是回答还是
默许

我拿你的牌坊与魔鬼打赌
我不怕一切
一切的牛鬼蛇神
一切的一切

大雪,把我们轰轰烈烈的爱埋葬

"雪把雪传染给了雪",我又一次受宠若惊
你看,千株玉,万朵银
你看,雪花滑过她粉黛般的脸
我不敢望她的眼,淡淡的忧伤,浅浅的哀怨

"梦把梦托付给了梦",我试着合了一句
哪怕,冰塞川,雪满山
哪怕,如瀑的秀发被雪染白
我不愿松她的手,暖暖的,软软的

大雪纷飞,牛郎就这样找不到的
织女的丝绸太薄
大雪封门,梁山伯的身份就这样被识破的
祝英台的情商太低

大雪,把我们轰轰烈烈的爱埋葬
比黛玉葬花更猛烈更悲情
让爱化成无数的种子
种子把爱传给了种子

冬至,跟我回家吧

凫山路,龙山路,铁山路,岗山路,峄山路
我直视被后羿原谅的太阳

我用脚丈量
路与路之间的距离

公园路,东滩路,太平路,平阳路,顺河路
我怒视虎视眈眈的屠夫
我用心灯照亮
羊与羊之间的天堂

生死轮回,不论羊说不说话
爱憎分明,不管你点不点赞
跟我回家吧
流浪的小孩

在孟子故里,总有人救死扶伤
抬头,梦已经把月亮擦得铮铮发亮
在邹鲁大地,总有人摩拳擦掌
低头,月光早已把梦还原成最美的村庄

小寒,尘缘未了

一个人越接近地平线
地球越懂他的孤单
我借金箍棒画了一个圈
我用九齿钉耙架起了天线

我要这袈裟又有何用

尘缘未了
尘缘未了
我要这袈裟又有何用

三打白骨精
你为何如此变化多端
接近你
靠近我

小寒,我刷新了朋友圈
或者坚持夜行,像庄生一样素衣夜行
或者白日做梦,像庄周一样梦蝶
做一只特立独行的猪

大寒,我从白马河来

我从白马河来
奔跑吧,追梦的少年
在白马河上,我的童年在溜冰
时光在溜走,我怎么留也留不住

从一无所有,还好我没有放弃
还好我一直相信勤能补拙
从两手空空,幸亏我还有信仰
幸亏我始终认为人定胜天

我到护驾山去
大寒了,奔跑的兄弟
在护驾山上,我的青春在奔腾
白云在闲游,我怎么放也放不下

等春暖花开,我还是你的桃木
镇惊避邪,为你挡一切世间的小鬼
等风平浪静,我还是你的木偶
木讷忠诚,为你演所有天堂的美好

北方有庙

1

北方有庙，其名孟庙
北方有树，其名桧柏

2

十年河东，十年河西
河东时，我来过
河西时，我来过
无论风水怎么转，我一如既往

十年之前，十年之后
认识前，我爱过
认识后，我爱过
无论日月怎么落，我一往情深

北方有佳丽，佳丽三千

我只等一人
北方有弱水,弱水三千
我只取一瓢

诸子百家,4324 篇著作
我独爱《孟子》
唐诗宋词,七万五千首
我喜读《春晓》

3

棂星门,光彩夺目
如文曲星下凡
文官下轿
武官下马

亚圣殿,云雾缭绕
如莫高窟飞天
才子求前程
佳人求爱情

左有"继往圣"
右有"开来学"
从继往圣到开来学,360 步
从开来学到继往圣,360 步

孟子到我,仅隔一门
时光之门
我到孟子,仅差一念
红尘执念

4

我曾是一朵孤独的流云
如华兹华斯笔下的那朵一样孤单
金色的水仙,我没有遇到
白色的茉莉,我没有采撷

我曾是一只骄傲的海燕
在暴风雨来临前自由的快乐预言
蒙娜丽莎的微笑,我无法忘掉
斯琴高丽的伤心,我常常纠结

我只是一介草民,棂星门下
徘徊又徘徊
我的祖父是一介草民
我的父辈是一介草民

我却是一个诗人,孟子故里
等待又等待
前三十年,读书
后三十年,写书

5

来多少次孟庙
就抚摸多少回"霸下"
进多少次棂星门
就拥抱多少回"宋柏"

参天银杏,元代所植
藤系银杏,缠绕,缠绵,如亲密爱人
柏与槐,700 个春秋
古柏抱槐,继续缠绕,继续缠绵,如爱人亲密

写多少次孟庙
就汹涌澎湃多少回
望多少回侧柏
就顶礼膜拜多少次

古槐,源于唐朝
洞槐望月,装得下月亮,装得下天下
桧与她,900 年历史
桧寓枸杞,望得见太阳,望得见乡愁

6

北方有庙,其名孟庙
庙内有树,其名桧柏

树上有鸟，其名灰鹤
鸟上有云，其名望云

古树 300 株，株株如思想家
碑刻 280 块，块块如哲学家
侧耳倾听，风声、雨声、读书声
闭目凝神，家事、国事、天下事

我是那个涉世未深的朗读者
何以解忧，唯有
一方净土

我是那个悬壶济世的小郎中
如何痊愈，生死
置之度外

7

生如夏花
死如秋叶

8

妖风作孽，又奈我何
再猛烈的妖风，再高涨的浊浪
也会风平浪静
我有《孟子》

淫雨霏霏,奈我几何
再刺骨的流言,再抽筋的蜚语
也会不攻之破
我有孟子

9

土里刨食,刨土豆,刨地瓜
刨山药蛋
躬耕,一个南阳
一个故下

一个名扬天下
一个卧槽为马

天降大任,苦其心志,饿其体肤
空乏其身
求索,一念天堂
一念地狱

上下五千年
我有三万天

孤独的时候，想起了一个名字

孤独得只剩下一匹马，如坠悬崖
逃离一场谩骂，逃避一场尔虞我诈
义愤填膺的人们高高举起如蕨菜般的拳头
等待一场暴风雨，或者意见相左

等待太阳的光芒驱散头顶的乌云
还有岌岌可危的阴影
苹果、白雪公主、美女蛇
我选择了逃离，以闪电的速度

没有什么，我在深渊
等待一个春天
野百合也有幽兰的香
孤独的时候，想起了屈原

翻手为云覆手为雨
云一堕落
汨罗江的水就满
此时，我的眼泪助纣为虐

你的长发掠过我的流年

一个十字路口，就是一个十字架
说这话的是行吟者
一个蝴蝶，却是一个春天
你没有经过我的流年

故乡的老槐树，他乡的大榕树
我的小桃树，她的马褂木
风一吹，每一片叶子
吸足了水，殉情还是忘情

初春，马蹄南去
油菜花开
我用新安江的水
洗去你一路的风尘

你的长发掠过我的青春
一只小蜜蜂的吻
刺痛了我左手偏上处的一个伤疤
一直向北眺望的梦游者——是我的前世

下江南，我总是迟疑不前

说这话的时候，梦游者血气方刚
心，很野
父亲请"木匠"打了一对马蹄铁
母亲把鸟笼子

藏在外婆藏红军的地窖里
外婆藏在比地窖还深的树洞里
树是椿树，适合做棺材
树上有阳光，有鸟在啄老去的岁月

有花大姐藏于灰与褐色的椿皮之间
有花大姐藏于民间
藏于民间的，让我怦然心动
下江南，我总是迟疑不前

村庄是耕耘者的鸟笼
四周的树野心勃勃——围得密不透风
她的消息藏在坐井观天的青蛙的眼神里
等云——破译

让我心疼的女子

不止一次的面壁
心中默默念着的仍然是你
不止一次喊你的名字
梦中的你还是老样子

我也试着删除关于你的记忆
一翻开青春修炼手册,泪流依然不止
我也试着与你相约
可囊中比两手空空的人还羞涩

我心爱的女子
让我心疼的样子
匆匆的岁月,匆匆的
爱情诺曼底,一半沧海一半桑田

我是黛玉葬花时,那枚不起眼的石子
挂在她的胸前,治愈了她的胸口疼
玉养人,人养玉
我走不出你用金箍棒画的圆

冥顽不灵的水隐居在孟子湖里

纷纷扬扬的雪泄露了天空的矫情
想哭就哭呗，何必惹红尘
把罪恶与虚情假意埋葬
精明的你是否还在逞强

冰冻三尺非一日之寒
强势的你，倔强得像铁山公园里的冰雕
头也不回，那些石刻沉默了数百年
那些孩子也学会了视而不见

那些不安分的水，关在西苇水库或者莫亭水库里
那些移情别恋的鸟，不知从何处衔来花里胡哨的种子
那些黑的白的红的绿的会移动的房子里
分不清谁是谁的，口水，甚至汗水，以及人造的水母

每一个人就是一种水
我不做人云亦云的水，上下浮沉
每颗心里都有一片云
冥顽不灵的我在孟子湖里，隐居

雪落在雪上

雪落在草上,姐抿着嘴笑
雪落在大伯的坟上
雪落在小姑家的麦地里
姐拍着手,乱跳

乱说的人,舌头比蛤蟆的长一些
滥情的人,往往头顶生疮脚底流脓
雪落下来,落在大地的患处
坐立不安的人又何止我们几个

大雪封门,炉火渐渐熄灭
我们丢了从地下挖上来的"乌金"
我们丢了我的诗集
后半夜需要她的暖

大雪封路,我们一夜无语
同床共枕久了,未必不各怀鬼胎
虚拟的姐姐,傻傻的姐姐
黑黑的姐姐,你看雪落在雪上

向古人讨几碗水

向孔子讨一碗水
或者一杯水,我怕这世态炎凉
我不敢奢求一条河或者一条江
从河之头到河之尾

我是那个坐立不安而又坐怀不乱的沙弥
一个女人静若莲花动如狡兔
君住长江头,我能否向你讨一碗水
妾住长江尾,是谁遗忘的袈裟

醉卧沙场,不如笑傲江湖
我放心不下故下的塌陷坑
老屋、老井、老榆树,老奶奶的坟
下沉,下沉,向白马河讨一碗水

向李白讨一碗酒
来一斗,今夜我千杯不醉
不知是酒掺入了水,还是水掺入了酒
今夜,爱恨情仇一笔勾销

屯溪往事与春秋旧事的千丝万缕

时间久了,时间会生锈
往事远了,往事会浮起
屯溪,我只取
一纸一墨

写春秋的狼毫
悬在
息诹——孔子讲学处
弟子何止三千

我游离在爱与不爱的生死场
自己不过也是一粒尘埃
红尘啊,谁是下一个逃犯
我一步步走上梁山

千丝万缕,我与屯溪今生剪不断
那些花儿,那些如火如荼的
青春,那些陈年旧事
怎么理也乱

暴跳如雷的猫被抓得遍体鳞伤

心中的小兽呼之欲出
暴跳如雷的猫
用爪子示爱
躲在树上的猫头鹰被抓得遍体鳞伤

赴京赶考的书生
穿越
是大宋还是大明
替天行道的杏黄旗迎风飘扬

西施与貂蝉,与我无关
我看见成百上千的潘金莲
把烧饼贴在墙上
包治百病

我看见狐狸精藏在她的灵魂里
她的灵魂藏在一本书里
成千上万个字
像我们刚刚赞美过的牙齿

今夜我看见你手上的玫瑰开放

如水的月光,如水的忧伤
今夜我看见你手上的玫瑰开放
空空荡荡的金光大道啊
黄灯在闪烁

我的"宝马"如情人
如影随形
白日恶狠狠的"刽子手"
十字路口,忏悔如下凡的"玉兔"

今夜我的良心不安,今夜我只想你
今夜我看见你
身上的玫瑰开放
如卑微的蔷薇拔掉的刺一根一根

如纹身之后的血一滴一滴
今夜我是蚂蚁的上帝
却是你的奴隶
我是黎明到来前的"救世主"

撩妹的年代，我想起了七个姐姐

频频抛来的媚眼
不及沉默年代的一个秋波
露骨的妹子
我又一次刀枪不入

撩妹的年代，我想起了七个姐姐
七个姐姐，七个仙女
一个织布，遮了我们的羞
一个织纱，掩了我们的齿

还有五个，天边挂起了彩虹
一拉一扯，拉出了赤橙黄绿青蓝紫
七情六欲，只剩下了太阳的光辉

矸子山，我拿什么拯救你

渐行渐远的故乡，渐行渐远的矸子山
挖煤的父亲左手指的方向
一枚灰月亮
跌入了我的童年，怎么擦也擦不亮

一去不复返
我的灰姑娘，一去不回头
我是那只坐井观天的青蛙
看不见的藤蔓，看不见的思想，它在发芽

春天来了，春天来了
到处是草的世界花的海洋
城市文明的废墟——犹如一座座矸子山
光秃秃，如戈壁滩上的坟

我拿什么拯救你，我的爱人
从一个水坑跳入一个水坑
从一个梦跳入一个梦
不是所有的丑小鸭都变成美天鹅

护驾山,赋得永久的悔

夜莺之歌如此惊心动魄
我与济慈不期而遇
关于还乡的相思病
我不敢望闻问切

夜色朦胧
在护驾山上,草是一剂良药
草把草传染给了草
草的清香,草的温柔

我不能妄自菲薄
去吧,去吧,我的芳华
小小的失足
犹如小小的死亡

是谁这么不小心丢了青春的尾巴
是谁让我们羞得无地自容
从哪里跌倒,就从哪里爬起
护驾山,怎么能够忘记那赋得永久的悔

凤凰山,与唐代大佛对话

因为我不能停下来等待未来
上山的上山,如善男
下山的下山,若信女
我们怀揣一颗忐忑不安的心

凤凰山,邹鲁最高峰
凤凰飞来,凤凰飞来拜谒孔孟
那些云游四方的老乡
有没有遇见一个敲木鱼的"月光族"

怎样下接地气,佛不语
怎样上接天光,山不言
心中装天下的我
不过是平民百姓一个

给我一杯黄河水,让我沉醉
给我一根上上签,让我回味
我不能假装视而不见
我不能停下来等待爱情

葛炉山,炼心与偷心

前有华佗,后有
葛洪。山上有火炉
炉旁有巨石
石下有茵陈与曼陀罗

花虽小,有毒
盆不大,洗手
放虎者,归隐山林
放鹿者,重返人间

金木水火土
心肝脾肺肾
炼心者,空即是色
偷心者,色即是空

葛炉山,前仰
后合,前半生上山
后半生下山
心是最初的原点

囚 徒

把心装进玻璃瓶子
把瓶子抛入银河
眨眼睛的星星
视之为怪物

故乡的塌陷坑
坑里的鲤鱼
闪闪发光的鳞片
那是新娘丢失的耳环

我什么也不说
藏在河蚌里的沙砾
躲在小木匠家的啄木鸟
风也不说，是谁

推开了虚掩的门
新娘的手划了一个口子
染红了秋后的月亮
一个囚徒从天而降

我无法把阳光明媚的自己灌醉

我喜欢,一个人和灵魂对话
一打啤酒
一个人买醉
索性把太阳买回村庄,把胡同里酒鬼的裤子烘干

我喜欢一个人,和灵魂对话
一杯红酒
一个人偷心
我无法把阳光明媚的自己灌醉

离家出走的我们还不如一场大雪

一次离家出走好比一次脱胎换骨
老榆树的皱纹
像极了高家胡同口
老奶奶编的簸箕

我与她的距离
恰巧七步
锅底的火，麦秸与棉花壳
到底谁助谁一臂之力

我们不止一次地争
争先恐后
乡愁，浓得化不开
蒸蒸日上，炊烟又像谁家调皮的孩子

离家出走的我们还不如一场大雪
大雪一年回一次故乡
捋榆钱的瘦哥哥
是否还在惦记着大雪隐藏的鹅黄

烟花易冷

还不是三月,雪还没有撤退
也不是扬州,桥无法模仿
回家吧,我在包中药的纸上
修改一条最近的路

当归三钱,豆蔻六钱
索性换成不归
或者放点年华
烟花易冷,青春转瞬即逝

去年雇的乌篷船还在
屯溪的码头还在
抚摸过的戴震铜像也在
只是你指甲的雪不复存在

故乡的烟火味特浓
有麦子的味道
有妈妈的味道
有姐姐燃放烟花的味道

请用我的诗集温暖外婆的小脚

噼里啪啦的鞭炮声惊不醒一些人
比如大伯
寒冬腊月适合想念一些人
比如外婆

铺天盖地的大雪熄不灭一些火
比如供桌上的香火
比如女儿满月时的炉火
不温不火的性格哪来突如其来的火

外婆熬的大米汤，至今念念不忘
让我们这些"臭小子"心无杂念
——做一个正派的人
外婆熬的小米粥，救过打鬼子的人

有些地方，太冷
有些地方，太阴暗
请用我的诗集温暖外婆的小脚
让我成为一道光，一把火

月亮知道我

月亮知道我
我知道她
她的火柴已剩不多
她的肺里多了一个黑洞

我的太阳啊
同样多了一个黑洞
火在燃烧
火无法永恒

爱是永恒的
爱播下种子
发芽
播下梦飞翔

我在麦地里等
风会不会来
月光照在教堂的塔尖上
镰刀磨成了她的样子

蝴蝶花

挥之不去的阴影
磨灭不了的记忆
蝴蝶蜕变之前的毛毛虫
蛰

我的春天
肿了
左手腕偏上一寸的伤疤
问疼不疼的是她

一场细雨
滑倒了南屯中学大门口的水泥地
足球鞋已露出了脚趾头
花样的,还有年华

整个春天,我
手舞足蹈
一片云
拯救不了一片花的枯萎

安 慰

月光尽量温柔一些
床
尽量不要摇晃
城市的灯
和火，按两
出卖爱情

桂花尽量飘远一点
窗
尽量不要明亮
城市的马蜂
和马尾松，数针
保卫爱情

寒风尽量久一些
疮
尽量不要结痂
空虚的心
和眼神，又拿什么
安慰爱情

空 房

前院的房子,空了
女儿的布娃娃如挂在西墙
年画上的金鱼
孤独如雾中的结了龟

后院的房子,空了
母亲的芭蕉扇如挂在东墙
割麦的镰刀
锈迹如古老的亚洲铜

空了,女儿随我去了邹城
空了,母亲跟着二弟去了济宁
三代人
却隔着七十七里的行道树

我固执地购买西户
只因济宁在邹城的西边
隔空喊话
隔着我们空空的房子

问 天

黄河之水天上来
白马河的水
聪明的你,告诉我
从哪里来

从荒王陵
从九龙山
从天之南
从白云深处

跟我走
一声就行
莫回头
一眼定情

妹妹,你大胆地跟我走
跟着白马河的水一路下杭州
观钱塘江大潮怎么一怒冲天
怎么一路北上领着风领着云领着诗人的灵魂

我是那只坐井观天的青蛙

木讷本不是我的秉性
沉默也不是我的天性
我是那只坐井观天的青蛙
四周是青砖红瓦

一只羊从我的上方跳过,咩了咩
一直向东走,走进了羊汤馆
一头猪从我的上面路过,哼了哼
一直向北走,走进了屠宰场

我想:再丑一点就好了
刘海戏金蟾,金蟾戏我,我戏花大姐
我想:再小一点就妙了
精卫填东海,东海填我,我填虚荣心

我是那只坐井观天的青蛙
误入了城市的最中央
比长舌妇还长的舌头误把地标
当作了长脚蚊子

多情的水蛭

望云河大沙河石墙河石里沟七里沟
以及三十三条分支
水流入白马河
像一个母亲兼收并蓄的爱

白马河从我的村庄西边蜿蜒而过
有一条小溪从铁路东渗透而出
经过北坡的黑土地向西而去
白云悠悠青鱼游来游去

沿着小溪摸田螺
卷起的裤子湿了也不给她机会
我讨厌沉闷的女人
正如讨厌我的沉默

遭遇多情的水蛭
吸我血钻我心
还想霸占我的灵魂
高贵的灵魂早已给了一个人

该死的母牛

生活平淡如水
两个人的七年犹如隔靴搔痒
太阳总是从高家东院的烟囱上升起
连花脚蚊子都和去年夏天的一样

一念平平淡淡
一念幽幽暗暗
牛大哥翻了个身
牛大嫂跟着翻了个身

去耕地吧,还得等到秋后
去站街吧,大街空荡荡的
干脆去死吧,跳河还是跳井,这是个问题
钓鱼者比井边的蚂蚱还多

蚂蚱就要绝种——
狗尾巴草还在摇尾乞怜
采棉花的马虎大妈嘟噜了一句
你这该死的母牛

二 婶

二婶家不养牛,牛粪太大
她家的铁锨太窄
和村东头打铁的传人打的锄头
不分上下

不分上下的还有他脸的颜色
铁青色,铁青色等来的烟雨
如瓢泼,满院子的鱼
活蹦乱跳

二婶家不养猪,猪肉太贱
她家的粮缸太浅
和村西头修锅的艺人修的鏊子
平分秋色

平分秋色的还有他的眼神
乌溜溜,乌溜溜勾来的芬芳
似猫抓,满庄子的鸟
叽叽喳喳

苦楝树

大伯的小院离白马河七百步
白马河离苦楝树七百步
蚂蚁的洞穴离花大姐趴的窝七百步
花大姐离紫色的小花七百步

暖风熏得游人醉
久未回老家的人退化成了驴友
大伯家的小毛驴早已长大
或许熬成了阿胶

爱美的女侠正分而食之
黑面膜，十年前
我已预料，试问
地下的煤去了哪里

燃烧自己，照亮他人
或发电，或火化
或和灵魂对话
只有她懂苦楝树的苦乐年华

我从白马河来

恋上一条河
爱就爱它的浪花与泥沙
爱一个人
恋就恋她的博大与优雅

我从白马河来
孟庙的"母教一人"
孟府的流苏花
流苏花南七百步的粉墨

粉墨登场,登高望远
我看见大礼堂旁的栀子花白如雪
我看见稽灵山下的蕨菜攥紧了小小的拳头
白鹤亮翅的影子落在新安江上

一只灰鹤从千年古桧上飞下
影子和影子重叠
一个女子从十年年画上跳出
青春与青春撞击

小乌鸦啄瞎了如来的眼

小蝌蚪找到了妈妈
小乌鸦一面鼓掌一面赞赏
一个有尾巴一个没尾巴
长大就得付出代价

丑小鸭变成了美天鹅
小乌鸦一面滑翔一面惊讶
再丑的生命也要有一颗美丽的心灵
希望就在前方

小乌鸦打算骑鹅历一次险
不经历风雨，彩虹怎么遇见
像木偶，像唐吉诃德
行侠仗义

小乌鸦追着骑扫把的波特
学习魔法和七十二变
大闹天竺
把如来的眼睛啄瞎

花大姐的美好时光

花大姐跌落在白马河旁边的塌陷坑里
等她钻出水面，露出的红肚兜
就像雨后的莲
绿裙子就像被雨洗过的荷叶

她脸上的露珠让老村长怀疑
水里的草会不会怀孕
鲤鱼的肚子一天比一天鼓
我的少年时代多了一个秘密

烟花三月下扬州
六月下杭州
我想过云上的日子
弹弹吉他，弹弹棉花，谈谈顾城

我们不说话，站着就好
我喜欢她站在苦楝树下的样子
紫色的小花一簇簇
阳光照下来，为美好时光加冕

一株苍耳子的救赎

高家胡同,诗人命名的
诗人离开胡同的时候
有一株苍耳子还在倔强地生长
对面的鬼针草嘲笑它的执着

多少年了
她还记得吗
诗人放牧的那只大羊
只剩下灵魂在流浪

那只雪白的羊,那个碧绿的姐姐
苍耳子竭尽全力地回忆那个午后
那个牵走羊的好汉满脸横肉
诗人的神色慌张

跌落在麦垛下的入学通知书
苍耳子卑微地生长
他想救赎乡村的软弱
夕阳下的胡同更加宁静

软弱的人都有一张桃花脸

软弱的人都会遭遇一场艳遇
结局总是一样一拍两散
擦肩而过擦出的火花
来不及闪就毁灭

像泡沫的一场幻梦
像落花的一声叹息，来不及聆听
就已经随波逐流
像霜降前的露珠，来不及惋惜

凝结，软弱的人都有一张桃花脸
譬如我，譬如我们的命运
譬如爱情
喋喋不休的诘问

一片冰心在玉壶
苦难的人啊，软弱也是一种馈赠
玉碗盛来琥珀光
别让苦难掩埋了我们的豪气

恋恋不舍

黄花地丁在悬浮
教自然的小学老师脸色蜡黄
紫花地丁在招摇
写大字的小学校长耳光响亮

我是一只蟹，寄居在城市的壳里
天天举着两把大钳子
在人行道上弹钢琴
横行而不霸道

逆行的人和车如雨后春笋
拍客在抓拍
城市的高峰期
好比匆匆忙忙上市的大闸蟹

还是故乡的景色宜人
恋恋红尘　袅袅炊烟
不舍的还是故乡的人
故乡的魂

白马河，今生注定要负你

不敢轻许诺言，你看，风那么轻
那么小
小小的新娘花，那么美

不敢深情地望，我怕，望着望着
望进去
比桃花潭水还深，你的眼睛

今生不敢饮酒，我怕，沾酒就醉
伤肝，伤心，伤神
而此刻，我举起了埋了十八年的女儿红

而此刻，倒影在唐王湖的，是你
"眺望"白马河的，是你
沿着云轨线奔跑的，也是你

时光太匆匆，再也回不去的童年
那个飘着雪的冬天
那个扶我起来的盲女孩

你就是白马河，那些白杨树就是你的眼睛
"请等我长大"不是谎言，却是遥远的童话
而我，今生注定要负你

大运河，一个母亲的梦

青春给于我们的，我们必将还给青春
母亲给于我们的，我们总是忘却
我们远离老树的皱纹
皱纹却步步紧逼

步步惊心
步步慢
一个母亲一生的寄托
一个母亲唯一的梦

左手，黄河
右手，长江
大运河就像一个纽带
牵着惊心动魄，牵着一马平川

三十年前，我没有怕
后三十年，我可有悔
大运河，你可听见游子的笑
我却看见母亲架设的桥

月是故乡明

月是故乡明
有风的时候,手舞足蹈
或芭蕾
或探戈

大伯的坟
被月亮扩大成了一个蒙古包
在梦里
弯弓射大雕

明是故乡的月
有星的时候,窃窃私语
若情侣
若闺蜜

小妹的房
让故乡缩小成了一个蜂巢
在他乡
汗滴禾下土

格格不入

她会告诉你
麦子与稗子的区别
他不会
他不想标新立异

麦子齐刷刷地长
稗子总是昂起高傲的头
鹤立鸡群
没有人搭理他

他是村子里唯一的一个
除草，也拿一本书
百思不得其解
除草剂那么难喝，为什么还有人喝

他倒在大伯的坟前
阳光洒在脸上
比窝在心里更阳光
她倒在别人的怀里，显得那么格格不入

小桥流水

小溪
太小
花大姐俯下身
就是一座桥

裙子一摆
长发一飘
一千零一个女人
百无聊赖

如果可以
治治他的头痛病
华佗的妙方
传下来的只有皮毛

仙女总想下凡
郎中相忘于江湖
做一匹马或一头牛
醉卧小溪旁

寻 佛

普度众生的佛
在说谎
寻了二十四年
也不见踪影

佛
不说话
墙
更不说话

一尊观音
藏入了马虎大妈的百变箱
云游的老师傅迟迟不归
玩戏法的猴子钻进了杨树林

哪里是墙
哪里不透风
天机怎可泄漏
这世间需要绣花针变成金箍棒

给人间抹黑

赤脚大仙盘算着去哪儿
找一双鞋
最好是芦根的
最好是花大姐编的

白,比珠穆朗玛山最高峰的积雪
还白
比格桑花还有风情
大风吹

芦花纷飞
一片寄给三圣母
一片寄给嫦娥
一片寄给杜十娘

高高的烟囱,淡淡的哀愁
等老村长从一辆车拉入一个抽屉以后
喷薄而出的一股烟像他的手
给天上人间抹一点黑

打 坐

前三十年,窝在核桃里打坐
风声雨声,啄木鸟敲击
老鸹枕头的声音
金蝉就要脱壳

打坐,打坐
不怕,不怕
我把日头一点一点地珍藏
我拿月光一杯一杯地酝酿

木鱼,木鱼
沐浴,沐浴
江南的桂花消融了雨的颜色
孟庙的银杏加深了墙的年纪

再三十年,敲打我的人生
刻舟求剑,刻下墓志铭
后三十年无怨无悔
在地下打坐

三块石头

落下来了
一块
两块
三块

呼吸
深深地呼吸
深深地深深地呼吸
她来了

姐 妹

暧昧是妩媚的姐妹
小三是二奶的姐妹
豌豆,含苞
蝴蝶,破茧

西施是东施的姐妹
小姑是大姑的姐妹
西故,兔死
东故,狐悲

秦砖汉瓦
唐诗宋词
谁是谁的姐妹
她是她的姐妹

历史渐行渐远
背影若隐若现
是你啊,如蒙娜丽莎一样神秘的姐妹
是你呀,若月光宝盒一样神奇的姐妹

照妖镜

十年不曾照镜子
镜子里的老妖婆不知又老了几许
后羿与嫦娥早已过了七年之期的痒
牛郎与织女隔着浅浅的银河

继续沉默
继续漂泊
老村长说,安居才能乐业
蜗牛背着一个重重的壳

我的志向不长,爬出井
看看巴掌大的天
我的要求不高,牵牵手
暖暖冷嗖嗖的被窝

一切顺其自然
水到渠成,还好有水
猪头是怎样炼成的
今晚,照了一下镜子

最后一次握手

记不清了
最后一次握手
和谁
在什么地方

父亲的背弯成了沙漠中的胡杨
伸出来的手老茧横生
兄弟的背弓成了草原上的骑手
套马杆套不住远去的时光

明明是最亲的人
却装作疏远
伸出去的手又背在身后
踱起了官步

月老来宣玉帝的旨
阎王尾随其后
握一握手
告别故乡的白云黑土

爱上一个不浪漫的人

她说,爱上一个不浪漫的男人
回不回家,鬼才知道
城市的灯火,神秘
朦胧,像雾
像风

建设路走到头,一头雾水
卜庄转盘上的稻草人目不转睛
来来往往的红男绿女目不暇接
历经九九八十难的"取经人"
时来运转

穿过西关桥洞,风
迎面扑来
琳琅满目,怎么可以不驻足
红旗飘飘,怎么可以不眼红
沧浪之水,是清还是浊

独爱《爱莲说》,独行

天地间
常在河边走，能不能不湿鞋
好比闯红灯
好比穿行于红灯区

雷打不动，总是他
那个不懂浪漫的"好男人"
如木偶，但不麻木
如小丑，却不肮脏
如陀螺，一抽就转

她说，爱上一个不浪漫的人
爱就爱他的灵魂
送他一双增高鞋
给他一个辣吻
还有迷人的眼神

难道说，这就是爱情
难道说，男人都是驴子
女人都是鲜草
驴子在两堆草之间，跑来跑去
累死在路上

或者，蒙上眼睛
转圈，磨磨
按部就班

日出而作,日落而息
难道这就是生活

生活,不止眼前的苟且
还有什么
地球在旋转
远离地球的,早晚
落叶归根

远离故乡的,误把男人
手里的烟圈
当作了乡愁
远离母亲的,村口的老槐树
弯成了母亲的模样

如雪
落在母亲的头上
如鱼
藏在母亲的眼角
如遗落的黑芝麻四处散着

母亲的香气
遇火
愈香
渔火
依旧

涛声依旧
那个木讷的人
不懂浪漫
乌篷船泊在屯溪或乌镇
更适合诗兴大发

春天,有樱花漫天飞舞
有百合在深山含笑
有合欢如铁扇公主的袖珍芭蕉扇
有女子款款而来
有油纸伞,鹤立鸡群

丁香花开
开在雨巷
开在孟府
开在郊外
开在坟头

开在他的坟头
他效仿了海子
卧羞了村东头的铁轨
我指着他的虚无说
一个懦夫,生活的囚徒

一个字也没有留下

若干年后
还有谁问津
他的墓碑早已碎成了
司马光砸缸后的月光

歪打正着，心心念念崇拜的诗人
失之交臂，我成了地下诗人
吟诵一首诗
唱给她听
爱上一个不浪漫的人

喊 雪

虚惊一场
我梦见另一个我额头上
沁满细细的汗
如雪的"毛毛"挠我的痒

还有一个我在奔跑
像故乡的榆
像被风出卖的狗尾巴草
如雪的"皮皮"缠我的腰

十个海子,复活
一个我,分裂
毛毛在月宫
皮皮在炼狱

月宫似雪
炼狱如火
我站在类似朱山公墓的雪山上
喊,声嘶力竭地喊

等 雪

热泪盈眶
等一场暖雪
去年的雪早已为我备足了泪水
雪等雪,我等你

护驾山拭目以待
天的颜色,偏重青色还是灰色
灰鹤眷恋侧柏,千年之久
青鸟远走他乡,半年有余

如果白马河的水干了
我的眼泪足以浇灌久违的麦田
我爱你的秘密可以告诉即将返青的麦苗
过些日子就可以传到你的耳朵里,那时候小麦已经归仓

不要鄙视我的畏畏缩缩
暖色与冷色,我总是偏爱你
白茫茫的,全世界都是雪的仆人
我的心暖暖的,等时光再一次轮回

寒 雪

冰冻三尺
继续冰封我遥不可及的梦
掐指一算已经三十有余
如同形影不离的忧郁

北坡的塌陷坑
只剩下厚厚的冰
冰上,薄雪点点,芦花不见
冰下,黑泥处处,青鱼不现

我是那条忽然好想你的鱼
你手里的铁锹,背叛了你的初衷
你眼里的磨盘,榨干了你的情欲
哪有情愫,哪有欲望

我沿着棉花嫂子落水的地方转悠
那年的冬天真邪乎
厚厚的冰撑不起单薄的女人
就连雪花都那么寒气逼人

暖 雪

雪花抱团取暖
从天而降
槐花婶子捡起最后一片瓷片
一朵雪花偷吻了她有些哀怨的眼

常有女人,一声叹息
也有酒鬼,拳打脚踢
窗户纸很薄,轻轻地——捅破
小脚女人背负着村庄夜里的荣辱

炉火很旺
煤炭,槐花婶子从家东的火车上扒拉的
没有鬼子,也有人追
提着心吊着胆

前些年,酒鬼骑摩托车
撞断了梧桐树的肩膀
这些年,女人们抱团取暖
雪在飞,感到了暖

大雪纷飞

大雪纷飞
十个母亲,等我回家
十年前,我从大雪之夜走失
十年后,我回来了

谁说我是一座孤岛
四面八方的海水朝我涌来
那是母亲流了十年的泪水
那是十个母亲为我收集的露珠

譬如朝露,我心如琥珀
来日方长,学会遗忘
把旧的自我埋葬
让纷飞的大雪为我遮一道世俗的墙

谁不曾彷徨,谁没有迷惘
在母亲的怀里
我又一次找到了生的希望
活的力量

雪 夜

路，结冰了
雪，仍然任性，飘着
城市的夜，难得的寂静
深夜赶路的人，今夜我的招牌格外亮

几米开外，小城最后一处大转盘
南来北往的，妖魔鬼怪也来过把人世的瘾
白天的逆行者，比比皆是，此刻空荡荡
遭天谴后，处处买后悔药

夜里站街的女人，也有可怜之处
她们最懂夜的深浅
雪也深了
我看见十个天使向我奔来

我不是上帝，我只是让我店里的灯
亮得更久一些
那些雪夜迷路的人啊
我不卖后悔药

2018 年的第一场雪

白色的蝴蝶,纷纷飞来
赴一场十八年前的约
孟庙的红墙外
青石板路上撒满了海盐

我嗅到了大海的气息
惊涛拍岸,那是我的青春
汹涌澎湃,那是我误以为的远大的前程
可是千堆雪,埋葬了我们的雷池

2018 年的第一场雪
犹如 2000 年的初次约定
我鄙视那些空荡荡的躯壳
我厌恶自己铜臭味愈发浓烈的臭皮囊

白色的信件如白蝴蝶,纷沓而至
如梦初醒,926 首诗
深深的爱藏在雪中
等你的眼泪融化

暴跳如雷的雪

病毒暴跳如雷,因为这场
突如其来的暴雪
大地一片圣洁
因为爱情

花大姐暴跳如雷
因为屋后大小不一的脚印
大的是军靴
小的是运动鞋

城市是一个大染缸
汽车的尾气足以让你还原成
一只匪夷所思的花脸猫
美人鱼纷纷上岸

喉咙干,嗓子痒
灵魂在发烫
病毒在肆虐
一场大雪足以让小丑们匆匆收场

哭 雪

别来无恙
我们不再唱离歌
冰天雪地
我看见她摔了几个跟头

十几颗红枣
像老师傅的念珠散落一地
民俗比民居还朴实,村民善于心慈手软
过街的老鼠也不打

伸出去的手,僵住
躲在嘴里的长舌
像农夫怀里的正在苏醒的蛇
她的门前,甚至街前,是非多

女神与寡妇一样的清高
夜店与月下割麦一样的热闹
下半夜偷偷地哭
除了女鬼还有雪

囚 雪

黛玉葬花
埋葬旧社会的礼数
关于我的葬礼
多么渴望遇见一片雪

大伯是在一个雪夜误入狼窝的
老村长是在一个雪夜走向歧途的
发小也是在一个雪夜卧轨的
我在一个雪夜误信了一个女人的话

把自己圈在圈里
不见天日
连蚊子都是公的
连拳头都那么无力

就像一朵雪花
误入了我的圈子
太阳一出
什么都不见了

金屋记

千锤百炼
我将离你而去
粉身碎骨
梦比氢气球还轻

黄金屋,不及稽灵山路旁的马褂木
跳来跳去的女子跳来跳去
金镂玉衣听不清松针簌簌的絮语
马尾松,松鼠,我无法取舍

其实,我最不能容忍的是背叛
一个人去地宫,忐忑
棺木犹存,熠熠
金漆

我看不清满城的黄金甲
进还是出
我用你的魂魄打造一把金锁
锁住那些即将木质化的青春与记忆

木头记忆

我将闭嘴
试着躲避
一些纤维
一些关于木头的记忆

胡同口卖猪头肉的叔叔
善于指手画脚
说我是木偶附身
他的婆娘最喜欢指桑骂槐

说我脸白得像个奸臣
像曹操手里的戒尺
遇见她忽明忽暗的丰乳
脸红得又像关羽

被雷公劈倒的白杨树
树枝,我用来钓蚂蚱,在棉花地里
树干,我修成一把利斧
到田野中,去打扰金蟾修成正果

水的问题

她扭头就走，不容置疑
鹅卵石与水，如爱人般亲密
乌篷船与鸬鹚也是一对老搭档
翠鸟如情人，飞走了

这是水的问题
和血无关
万米长跑的结果
她的脸像极了桃花水母般的云朵

举起她，高于山头的送客松
星星落下，屯溪的风泄露了老街的行踪
万家灯火，女人泼墨，如青花瓷
一盏灯，一颗星，我分不清

举起水，灭火
雾霾趁机入侵，由北到南，千里之外
举起仁义道德，堵嘴
劳燕分飞，小小的小东西，方寸之间

火鸟的梦

夜宿西湖
左手苏堤右手白堤
雷锋塔外
许仙不语，白娘子不许白色蔓延

木鱼声声慢
玉兔捣药声声细
煤油灯悬在故下的老槐树枝上
花大姐还在陪读

凿壁偷光，邯郸学步
我试着给月亮凿一个洞
把我儿时的梦
寄存

等火鸟醒来
那个不知疲倦的太阳就要返回
那个与城市格格不入的大姐还在熟睡
断桥也在等一场雪

土的孤独

孤独得只剩下眼前的山
寒冬腊月的天空
寸草不生
没有雪

马雪忘了初一的历史
商雪记下了初二的地理
夏雪忽略了初三的生物
雪让你的名字更美

比泡沫还轻
轻得有些吝啬
吝啬得只剩下土
土,多么孤独

脚下的大地
大地上的蚂蚁
我不是你们仁慈的上帝
我是那无疾的寡人

大雪将至

有了感觉
我还是选择沉默
大雪将至
我还是纸包着火

是歌
是火
是祸
是药

青春
初吻
她的月儿
静静的天空

大雪将至
纸包不住火
我还是选择沉默
渐渐消失的快乐的感觉

等你，在悠长悠长的雨巷

等你，在老济宁的烟雨中
等你，淋湿了古槐新发的小芽
等你，拨亮了西窗的红烛
等你，在悠长悠长的雨巷

等你，在屯溪的乌篷船上
等你，采撷了红松含苞的花粉
等你，举起了残损的右掌
等你，在寂寥寂寥的雨巷

等你，在孟庙的红墙外
等你，你说，你看，风吹来的沙
等你，你笑，你说，鱼的眼泪在海里
等你，在迷蒙迷蒙的雨巷

等你，在余光中的乡愁里
等你，也有了母亲的鱼尾纹
等你，想起了父亲的江南梦
等你，我……在悠长悠长的雨巷

不 止

不止蝴蝶
还是那只蝴蝶
穿过先生的欧式花园
百年后
与我相遇

不止蟋蟀
还是那只蟋蟀
跳过流沙河
深千尺
从日月潭到桃花潭

不止徽墨
还是那张宣纸
清白,抑或包容
百折千回
黄河的春天也有千娇百媚

不止天涯
还是那轮明月
那把刀
只是那个人
消失在悠长悠长的雨巷

想起老情歌,我们哭了

想起老情歌
想起浅浅的笑
心如河蚌的斧足
泪痕点点

君不见,望得见乡愁的望云河
有人河上荡悠悠
有人火中取栗
火烧眉毛

眉宇之间的美人痣
一念富贵,再念贫贱,三念相思
富贵不能淫
贫贱不能移

低眉不语
房车与民居,我还是更偏爱于
故乡的篱笆院
我们哭了,缘于相思

你的影子比白马河长

回到故下村,光秃秃的
只剩一条像后山一样安静的白马河
透过树脂镜片,赤裸裸的
只剩一个鸟窝

再也分不清哪棵是你
哪棵是我
你的名字,这几年
最接近月亮

灵魂总是在高处
翩翩起舞
露水之于清影
如小羊跪乳

你的影子比白马河长
太阳落下来,灼伤忧郁的诗人
波光粼粼
如万家灯火

老地方的雨

油菜花开的时候，屯溪
如凫
老街下雨的时候，屯溪
如虹

鸬鹚栖居于乌篷船
船儿静泊在屯溪
溪水暴涨
鹅卵石死死守着大地

上游的女人，春光慵懒
木盆顺流而下
旗袍打着转
恰是一江春水遇竹笋

女人如水，泪珠好比
下游的蕨菜
我分明看到它们攥起的小拳头
举向了天空

故乡的苦楝树

她属于大街,像一棵苦楝树一样站着
她总是嫌弃悠长悠长的雨巷
她怕黑,女人温柔的天性
长长的影子拉长了夜

重重叠叠,除了影
还有鬼,还有狐
枝枝桠桠,叶与叶
花与花

还有她
一个"冒牌"的江南女子
明明根扎在黄河流经的土地上
却假装弱不禁风

多么糟糕的借口
为了冠冕堂皇的抛弃
把天空抹黑
美其名:乡愁

也是一口黑锅

冬夜长了
母亲往锅底添了一把柴
白菜的心结了冰
再冷,水也要沸腾

夜太静了
包不住爷爷的一声咳嗽
奶奶怎么扯
也扯不开包裹村庄的黑布

父亲去请了
神医姗姗来迟
弟弟狠狠地剜了他一眼
谁是穷鬼

北斗七星与启明星
一个问一个答
院子里的人多了
外姓的人帮着支起了一口黑锅

死神渴了

海子死了，我没有哭
顾城死了，我没哭
戈麦死了，没哭
你的咳嗽停了，在北半球的一个冬夜

给你一个大海，死神渴了
给你一把斧子，死神渴了
给你一口水井，死神渴了
给你，给你地下的乌金，死神渴了

在故下，死神化作电线杆耷拉下来的废线
七岁的我，伸手去抓
还差三根，我要换一瓶兰陵大曲
醉了，我就可以触摸死神嘴角的冷笑

死神渴了，请还给我的小姑
过冬的小麦解不了敌敌畏的毒
死神醉了，请还给我的大伯
一瓶酒收买不了世上的小鬼

冬至未至

白马河上的残荷
连梗都找不见了
薄薄的冰
经不起白鸟的红色的喙

苇姐的笑如冻僵的蛇
遇水,倏忽不见了
老村长暴跳如雷
鼻子如刚出锅的胡萝卜

犯了,反了,翻了,返了
冬至未至的下午
我决定去贩鱼
我拒绝小脚女人喋喋不休的梵语

她充当了媒婆的角色
是喜是悲
苇姐没入温暖如春的塌陷坑里
冬至,他未至

高家胡同

我叫高发奎
二弟叫高发田
堂弟叫高发兵
还有一个叫高发军

一个村庄也是一个胡同
故乡太小,小得装不下我们弟兄四个
一个去了黄山
一个下了海南

一个胡同也是花花世界
有容乃大,大得装得下我们的喜怒哀乐
一个上过刀山
一个下过火海

打虎,兄弟
苍蝇专找有缝的蛋叮
兄弟,胡同
一笔写不出两个高姓

二十四首情诗和一个情人（组诗）

一个情人

如果可以，我选择从头再来
如果上苍还给我一个机会
我选择离开
一个人静静地离开

如果还有真爱
如果可以，我选择坚守
如果需要一个证明
我愿意做涅槃的凤凰

怒火中燃烧
欲火焚身
爱不需要你聪不聪明
一个微笑胜过黄金万两

肉体是第一重
精神是第二重
灵魂是第三重
一个人徘徊在三重门外

立 春

可怜的老朋友，立春了
你还是那么的精神焕发
那么的逞强
那么的伪装

地下诗人还在地下挣扎
倔强的种子继续它倔强的梦
洁白的雪坚守着它的圣洁
白马河上游的水有点蠢蠢欲动

生命在复苏
唐王湖岸边的柳树在抽芽
从乌镇吹来的春风
扰乱了你的相思

仿佛每天都在天天向上
一切蒙在鼓里
伫立在护驾山的木梯上
云朵在聚集

雨 水

夜属于春
雨交给喜

我的老朋友
你的心里想着谁

人呢,有时候太虚伪
披着狼皮
披着羊皮
或者画一张皮

戴着伪善的面具
说着甜蜜的话语
好多的刀子嘴
不再有一颗豆腐的心

铁石心肠
春夜的喜雨也无能为力
冲洗　冲洗　还是冲喜
为我们的女主人公冲冲喜

惊　蛰

该醒的,还在装
装疯卖傻
西苇水库的野鸭子还在不在
水暖不暖,鬼知道

春雷响

万物长
嘘！请不要吵醒蝉儿的梦
名泉路旁的法国梧桐树伸了伸懒腰

春愁一段来无影
哪里来的春愁
老朋友在峄山路上走一走
把手习惯地插入裤兜

背包而过的女孩
抛过来的不是一个媚眼
是你的忧郁
影响了杏花的颜色

春　分

倒春寒算不算背叛
我们不要那么挑剔
她的眼睛背叛了她的心
终于在鸡蛋里挑出了骨头

春色三分
二分尘土
一分流水
你能不能一分为二

一半陪着白天
一半陪着黑夜
白天的河流抑制了疼痛
所以黑夜你听到了婴儿的哭声

一种折磨在动脉静脉毛细血管里潜伏
一种羞涩在桃花一样灿烂的脸上蓄积
我想唱一支歌,为背叛者
你看,风雨过后的天空

清 明

老朋友,你是老传统的捍卫者
你把第三者交给了城管
你把遮羞布丢给了地下诗人
你把胡萝卜塞满了饥饿的嘴巴

城市的谎言与乡村的文明
不是一对孪生姐妹
地沟油与敌敌畏
不是一对恋人

清明时节依然雨纷纷
我们需要这场雨
不然气氛太尴尬
你在地下——听见滴答了吗

继续活着吧
这个年代，为爱情殉情的人
找不到了
只是另一个你还在隐藏

谷 雨

柳絮飞
一个女人等着我
老朋友涨红了脸对我说
一个女人等着他

东滩路
平阳路
太平路
每个路上都有一个女人在等

你等他
他等她
她等他
还好，我一个人穿过三条大路

杜鹃啼
我画地为牢
把肉身囚在里面
让灵魂去寻找前世的红樱桃

立 夏

樱桃红了
她的唇配得上我的吻
她的吻让我神魂颠倒
老朋友,樱桃红了

立夏一到
寂寞的影子被一丝丝拉长
禁锢的河流被解了魔咒
体内的鲜血横冲直撞

樱桃落满了地
麻雀也不来啄
喜鹊也不来报
一只黑手试探地捡起

黑与白
黑可以洗白
白可以洗黑
相爱,不分青红皂白

小 满

小麦的花
见过的有几人

布谷的叫声
听懂的有几人

好吧,走
宁愿坐在单车上哭
也不坐在宝马里笑
只羡鸳鸯不羡仙

铁西公园里的鸳鸯不离不弃
铁山公园里的石刻不言不语
把你的名字刻下来
记你一万年

一万年太长
也争朝夕
我的心里住着个小满
你是第几个

芒 种

胆小鬼
胆小如鼠
我的老朋友
你总是希望逢着江南的丁香姑娘

你总是躲躲闪闪

磨刀霍霍　磨镰刀霍霍
饱满的麦子昂着头　伸长了脖子
等着革命

北方割麦
南方插秧
北方落日
南方落雨

燕京啤酒,邹城也有
绕过匡衡小学
来一觚
护驾山脚下的泉水还在汩汩

夏　至

菱角满大街地跑
误以为江南女子迷了方向
胭脂来不及叫卖
她躲进了一辆黑色的小车

小巷里站着不同肤色的女人
年龄比她脸上的粉还厚一些
小巷太窄
容不得我左顾右盼

还好,没有勾引

还好，我身无分文
幸亏我的皮夹被毛贼占为己有了
幸亏我的坐骑只是一辆破三轮车

夏天来了
好多夜里的东西提前了
就像老朋友的老婆提前
进入了更年期

小 暑

感觉渐渐少了
拥抱渐渐少了
白马河里的鱼少了
固执的鱼更少了

我不是你的垂钓者
我愿意化作一条
不撞南墙不回头的鱼
逆流而上

招摇的水草
填充了欠缺的拥抱
有意的落花
弥补了虚伪的多情

东边日出西边雨
从屯溪划来的乌篷船上
鸬鹚东张西望
等着背叛者的摊牌

大　暑

背叛者装模作样
背叛了昨天
背叛了今天
背叛了明天

热火朝天
热气腾腾
杀气腾腾
我们大汗淋淋

大暑,大暑
荷塘里的荷花争奇斗艳
大叔,大叔
沟渠里的蛤蟆争风吃醋

我的老朋友
你还小
决斗
你看蛤蟆都变成了王子

立 秋

入秋了
好好学习吧
她又出去了
我的老朋友

来一场雨吧
一场秋雨一场寒
气氛太闷
你不要无精打采

试着给她一个吻
多久了
多久没有吻她了
想想

像尼采一样思考
像伏尔泰一样写作
像李白一样狂欢
像牛一样红

处 暑

秋高气爽
对着镜子说说话

镜子里的人瞠目结舌
是否揭穿她的假话

煎熬,糖醋排骨
收不回她的心
打扮得花枝招展
对你却横眉冷对

背叛,让女人更成熟
更加魅力四射
她的心好比在油锅里煮
心眼七八个

去吧,登高望远
你看,白云悠悠
闲云有了
你未必能做个野鹤

白　露

蟋蟀继续寄相思
明月几时有
莫笑古人太痴情
生死两茫茫

伸手去折唐王湖中的荷

花梗

花不在　莲蓬不在
藕还在
藕断了丝还相连

举起花梗像举起一把利斧
像顾城手中的那把
放下　放不下
放下男人的面子

放下疑心
放下手机
打开你的笼子
莫让女人的眼泪冷成了白露

秋　分

明月松间照
清泉石上流
她捧着手机
纤手弄巧

五个苹果
六个苹果
七个苹果
八个苹果

头低成了原始人的颅
是退化还是进步
久坐的人坐地成佛
坐地生根

发芽
生长
成了苹果树
结了和外星人聊天的苹果

寒 露

袅袅凉风动
风从孔子大道吹来
风从孟子大道吹来
风从星光大道吹来

早饮花上露
对面代销点的牛奶掺了三聚氰胺
对面小饭馆的厨房沉淀着地沟油
对面的过桥米线里面大烟壳太多

凄凄寒露零
亲爱的
喝点西北风
饮点寒露

这样，你才会想起我
想起母亲的手擀面
想起奶奶的槐花饼
金窝银窝不如自己的狗窝

霜　降

老朋友，我们总是喜欢喧宾夺主
我看见小溪流向小河
小河流向大河
大河流向湖或者海

老朋友，我们总是喜欢拖拖拉拉
今日复明日
明日何其多
明天的明天，我们会不会相遇

相逢何必曾相识
我不是你的红颜知己
我也是一个白马王子
手无缚鸡之力

我发现你头上的帽子褪了色
像夏末秋初的野草
我发觉背叛者的眼里藏了不安
像偷鸡的黄鼠狼嗅到了猎狗的汗味

立 冬

一盏灯
半轮月
孟庙红墙外
银杏树下

徘徊又徘徊
是你吗
等待又等待
等他吗

一个高富帅
一个光头强
一个口蜜腹剑
一个榆木疙瘩

邪
不
压
正

小 雪

睹物思人
老朋友想起了

老同学
想起了他的初恋
想起了即将成为情人的情人

我游荡
在东滩路或者峄山路或者文化广场
多么希望遇见一个女郎
她有栀子花的芬芳

天空学会了伪装
突如其来的小雪让我想哭
眼角的皱纹让我笑不出来
她怎么成了小老太

饭馆与酒店的门依旧关着
梧桐树与铜雕像依旧光秃秃
白富美躲进了小楼
小雪融化了，老朋友老泪纵横

大　雪

大雪纷飞
大雪封了老家的柴门
老朋友干咳
咳了七天七夜

高富美用银勺轻轻地搅着咖啡
窗外有一只麻雀瑟瑟发抖
好像偷窥者掩饰着窘态
宁可冻死也不求饶

她的良心有点发现
她让侍者丢给它一个巧克力豆
红后发紫,紫后发黑,黑后发霉
中毒,香水有毒

吐血,涂雪
老朋友没有眼泪
豪情万丈把万道阳光换回
谁又爱上了谁

冬 至

领头羊走了
大山羊走了
小山羊也走了
冬至到了

明晃晃的刀
贼拉拉的冷
火在大锅底下燃烧
水在锅里翻滚

老朋友,干杯
二锅头兑点白开水,我也陪你干一杯
老情人,再见
狼与人谁更残忍

我看到好多的情人
在大街上裸奔
我拯救不了嗷嗷待哺的婴儿
我还不会跳肚皮舞

小 寒

春天的云怀孕了
冬天开始分娩
小脚女人颤巍巍地经过
老家的大门

马虎大妈从我的小说里跳出来
来证明我的清白
百无一用是书生
我用键盘敲打白马河的喜怒哀乐

花大姐进城了
灯红酒绿
傻大哥进山了
天寒地冻

我写给背叛者的诗
就要完成了
二十四首绝望的歌
和一首情诗

大　寒

寒潮南下
逼近江南逼近屯溪逼近西湖
我心依旧
等燕归等当归等你归

就这样远去
在变老之前远去
去步你的后尘
去寻找春天遗失的美好

我不想成为济慈雪莱拜伦
像夜莺一样歌唱
像西风一样咆哮
像唐璜一样反抗

向背叛者打响第一枪
或者放下皮囊
像华兹华斯一样隐居民间
好似一朵孤独的流云

凤凰山

我在孟子故里喊你
不是因为风
风从丹东凤城吹来
却是因为凤

凤凰飞来,拜谒孔孟
还是那只凤凰,一千三百年前
从邹鲁圣地的凤凰山飞去
拜见御驾东巡的唐太宗

得道者多助,失道者寡助
山总是偏爱沉默
水能载舟,亦能覆舟
水总是偏好活泼

凤凰山,凤凰山
太阳抑或是最大的探险家
东山喷薄
西山淡泊

我在孟子故里等你
不是因为月
月出东山
却是因为可以望月的"洞槐"

你看,银辉点点
古刹之顶
古松之尖
你听,泉水咚咚

智者乐水,仁者乐山
做文,如鲁迅
做人,若简明
君子坦荡荡

彷徨之后呐喊
祝福之后还有药
雪把雪传染给了雪
大地一片祥和,如凤凰山

凤凰山，等有缘人来寻幽

我是一颗小小的石头
五百年前，与徐霞客不期而遇
徐大师自有他的必然
我有我的偶然

等吴承恩笔下的取经人
等李时珍拯救的有缘人
我不过是那不安分守己的石猴
我不过是这良心未泯的小郎中

凤凰山，他山之石
可以攻玉
山崖下探雨
地衣爬满"木兰峪"

步步高，高山流水觅知音
步步险，险象环生生死劫
步步紧，晨钟暮鼓声声慢

步步难,难言之隐隐于市

林蛙跳,板栗笑
王子、灰姑娘与白雪公主
太阳抑或是最大的探险家
凤凰山,等你前来寻幽探险

凫山，诏告天下

1

山上有白鸟栖居，有废墟矗立

有穆桂英大破天门阵

有尉迟恭重修伏羲庙

有凌霄花盘根错节，傲视群雄

繁华毁于火

文明始于愚昧

正义源于愤怒的风暴

富贵不能淫，贫贱不能移，威武不能屈

愚公移山

子子孙孙无穷尽

精卫填海

长长久久无绝期

东山，生女娲

西山，迎伏羲

山上有天梯,上接天光
山下有藤蔓,下接地气

举头望明月,有浣笔泉在济宁
对影成三人,有老泉在郭里
滚石成亲,女娲与伏羲
独一无二

唐诗,有李白、杜甫、白居易
宋词,有陆游、苏轼、辛弃疾
元曲,有关汉卿、马致远、郑光祖
前有古人,后有来者,我从孟子故里来

如侠客行,我一路向南
背着春光,背着夏日,背着秋露,背着冬雪
天下无双,我一路跟随
没有世态炎凉,没有尔虞吾诈,没有墨黑,只有荷香

2

不是所有写诗的人都是诗人
不是所有偏远的山都有灵性
东山,思想最深邃
西山,绝色双娇

每一块石头,信奉

真善美

每一颗草，相信

风霜雨雪

山不在高，东山 244 米

西山 233 米

有神仙信步

有仙女沐浴春光

水不在深，老泉

涌新绿

王母广发蟠桃会帖

各路神仙如泉涌

一花一世界，遇见你

——痒又何惧

一叶一菩提，离开你

——盲又何畏

为你写诗，高举火炬

高举《登楼》，王粲携友远眺

高举《脉经》，王淑和悬壶济世

高举《孟子》，天下归心

为你写诗，日月占卜

五千年前，太昊伏羲

望天象
画八卦

为你写诗，星光璀璨
《诗经》有云，保有凫峄
抟土造人
女娲补天

天时
地利
人和
千里之行始于足下

3

凫山，以你的博大精深诏告天下
凫山，以你的才华横溢包罗万象
胸怀之广，足以容纳百川
情怀之深，足以惊天动地

东凫山，东山再起
西凫山，西山落日圆
东山物质
西山文明

羲皇庙，东凫山西麓

兵分三路,东、中、西

凤凰飞来拜祖

人类始祖

碑碣如林

古柏成群

山山连绵,东凫山、西凫山、卧牛山

洞洞通幽,牛心洞、吕宫洞、鹁鸽洞

尼姑、和尚、道士

一个,画饼充饥

一个,画地为牢

鱼与熊掌能否兼得

三圣庙

包容天下

三月三

定于郭里集

5 根 5 米高,8 棱石柱

5 座龟驮石碑

8 根雕龙石柱

残垣断壁,也是矗立的文明

4

试问何首乌,何处

水如瀑
枸杞与丹参，缘
浅情深

惊扰猫头鹰，何声
如天籁
百灵与锦鸡，泉
水叮咚

儒
道
佛
天下和

放歌山水间
隐逸凫山内
莫问时间去哪了
只管你若安好

便是晴天
漫步千年古镇
穿越千年
刚好遇见你

刚好羽化成蝶
梁山伯

祝英台
一朵千古爱情的奇葩

凫山,我俯下身
拥抱你
以云的姿态,诏告天下
凫山之巅,邀你凫山论剑

峄山之石可以揽天下

1

他山之石,可以攻玉
峄山之石,可以揽天下

2

所有的文人墨客都仰慕山
所有的英雄好汉都依仗山

3

山有灵性,心有灵犀
山不在高,有仙则名,名扬必将四海
水有柔情,石有悟性
水不在深,有龙则灵,紫气定是东来

所有的民间传说
都与山牵扯
所有的人间大事

都与山有关

女娲造峰，二郎担山
伏羲画八卦
华山论剑，泰山封禅
梁山聚好汉

诗醒了，诗人睁开了眼睛
诗人醒了，石头唱歌
山醒了，石头睁开了眼睛
石头醒了，悟空写诗

4

山上有天梯，上接天光
上通万年灵霄
山下有云轨，下接地气
下迎千年儒风

前世，我乃泼猴
受骗于如来
今生，我本农相
得益于孟子

人生，无异于
起承转合

万物，躲不过
春夏秋冬

启蒙于鲁迅
开窍于简明
做文如鲁迅
做人如简明

我乃后生，后生可畏
手中的铅笔可是我前世的金箍棒
望云先生，先生望云
远方的明星定是我今生的指南针

我乃晚辈，一抹乡愁
对我亦有引荐之情
我本木讷，邹城山水
与我更是推波助澜

5

登峄山而小鲁
足以
小天下
我站在峄山之巅

仰慕者，如蚁群，蜂拥而至

征服者,如乔木,屈指可数
归隐者,如老庄,凤毛麟角
后来者,如我辈,同路者几人

从山巅到山脚
处处皆奇石,千姿百态
从山脚到山巅
片片有奇洞,别有洞天

泰山之雄,雄不过峄山,雄姿英发
黄山之奇,奇不过峄山,奇松怪石
华山之险,险不过峄山,险象环生
嵩山之气,气不过峄山,气吞山河

登峄山,神清气爽
龌龊者,犹如脱胎换骨
登峄山,正大光明
奸佞者,好比洗心革面

所有的后果
皆有前因
所有的祸兮
皆有福伏

6

峄山之阳,邾国故城

春秋五霸奈我何
峄山之阴，野店遗址
三皇五帝我之后

孔子登临处
沟壑里的草，心比天高
移步九龙洞
尘世里的我，命比纸薄

东望东海，海上日出
日出红胜火，我火中取栗
只为取悦你——梁祝
化蝶

西眺西河，河里月升
人约黄昏后，我水中捞月
只为遇见你——庄周
梦蝶

7

他山之石，可以攻玉
峄山之石，可以揽天下
三种气流聚集
三种思想交融

翻手为云

覆手为雨
翻云,驱魔鬼
覆雨,见天使

不食烟火的,那是佛
立地成佛
执迷不悟的,那是魔
走火入魔

得道者多助
失道者寡助
我不是得道的高僧
我不过门外的沙弥

左手孔子
右手孟子
我从白马河来
人影、云影、塔影、月亮拿来作灯

借马良的"神笔"
让悲观失望的种子绝处逢生
借匡衡的"偷光"
把卑鄙无耻的小人暴露无遗

8

峄山之石,我纵有

良田万顷,你仍是我毕生的守望
峄山之泉,我哪怕
飞黄腾达,你仍是我智慧的源泉

春风躁动,四方来袭
杏花、桃花、梨花、樱桃花,百花齐放
春雨润物,万物精神
喜鹊、燕雀、斑鸠、太平鸟,百鸟齐鸣

诗歌的春天来了
诗人的春天来了
举国上下
全民皆诗人

诗仙,赠我兰陵美酒
诗圣,赠我豪气干云
诗魔,赠我《长恨歌》
诗鬼,赠我《十二月》

9

峄山之石,石有
蛙石、鱼石、鹦鹉石、桃花石
马嘴石、虎皮石、象牙石、荞麦石
静石、枕石、斗天石、绝巅石
子孙石、风烟石、元宝石、凤翔石

峄山之洞，洞有
齐天洞、老君洞、吕祖洞、桃仙洞
古僧洞、云游洞、妙光洞、响水洞
妖精洞、迷魂洞、神女洞、皇姑洞
抱元洞、甘泉洞、翁石洞、梁祝读书洞

峄山之景，景有
仙人棚、炉丹峪、丹丸峰、金仙庵
白云宫、甘露池、大通崖、南华观
半山亭、观海石、五华峰、来鹤庵
孤桐书院、书门、纪王城、纪子墓

四大书院有峄阳、孤桐、子思、春秋
五大奇观有空中楼阁、小鲁台、云砌桥、八卦石
凉水盆，还有八段锦，九龙洞
八大山门有南天门、风雪门、天灵门、接引门
接引十二福地

10

始皇御驾东巡，登峄山
峄山之石，可以揽天下，独守天下
太白斗酒百篇，登峄山
峄山石刻，可以傲天下，独步天下

岱南奇观，青出于蓝

而胜于蓝
邹鲁奇秀，当之不愧
天下第一奇山

"鳌"字石刻，谁与争锋
"情"义邹城，热情好客
昔日桃园三结义，义薄云天
今朝胸中有丘壑，壮志凌云

凤凰飞来拜祖，拜谒孔孟
清明之后谷雨，天清地明
乌鸦反哺，羊羔跪乳
"母教一人"，天下孟母

母亲啊，我愿是一棵小草
报得三春晖
母亲哟，我也是一个诗人
刻下游子情

上山低头，低处有卑微的蚂蚁
下山抬头，高处有高贵的灵魂
峄山之石，可以揽天下
如他山之石，可以攻玉

白纸黑字

再也回不到你
念念不忘的情人谷
白纸上写着黑字
格格不入的一个字

再也回不到
静默的时光静默的地方
四周的栅栏
像极了大伯的篱笆

一个字,判若两人
大怎么大过天,
替天行道
我不过一介伙夫

拉不开后羿的神弓
十个太阳,九个在瑶池
白纸黑字
我走不出你画的圆

围 城

地圈了起来
城围了起来
有时候,我一动不动
像一具躲避世俗眼光的木乃伊

或者是一具做了逃兵的兵马俑
树是白杨,蝉还是那只千年之前的金蝉
七年一个轮回
一圈一个年轮

大大的城小小的爱
我总觉得大大的爱小小的城
生命,自由,孰轻孰重
我把自己关在历史的柴房里

撕心裂肺地喊
我羡慕蝉的孜孜不倦
推开墙
树在城市的怀里,城在月亮的怀里

看不见的月亮

有了感觉
我还是选择沉默

凤凰山下的姑娘哟
你是我淡淡的忧伤

风走了，你是那看不见的月亮
云来了，你是那看不见的收藏

请风守口如瓶，我的心如坠"天下绝"
求云泄露天机，我的爱误入"木兰峪"

木蝴蝶

我的爱在山坡
倒挂着红彤彤的蝴蝶
我的爱在溪边
倒映着木蝴蝶的倩影

我的爱在山谷
偶遇了屈原的灵魂
我的爱在灌木丛
捕捉着卢梭的荆棘鸟

我病了,我丢了自己
善于思考的大脑
喉痹、暗哑、胃气痛
接踵而至

我在逃避一个诗人的责任
安于现状
麻痹了我的神经
他们歌颂着,歌舞升平

还有谁记起"生于忧患"

更多的人"死于安乐"
还有谁捧起"古典"
更多的人成了"手机控"

我的心在痛,层出不穷的肥皂剧
目不暇接的网红
捧腹大笑的"死魂灵"
我的童年在人间,我的大学呦

果戈里与普希金,如果决斗
谁会技高一筹
《人间喜剧》与《追忆似水年华》,媲美
谁会失眠

木蝴蝶的翅膀,薄如蝉翼
微风袭来
如映山红之火蔓延
红眼病再次流行

遇见爱,却躲避
久经沙场的老手呦
却是情场的胆小鬼
说着,红了脸

木蝴蝶,拿来入药
清心火解情毒
我是孟子故里的一首小令
等你来解读

漆 女（组诗）

人心不足

站在漆女城的遗址上
举目四望
天苍苍
绵羊像白云，乌云像青羊

变化万千的气象
无处躲藏的老思想
野茫茫
哪个是门，哪个是窗

风吹麦浪
远处有毛白杨
蝉在高唱
何人雨后话凄凉

高高举起后人立的牌坊
脚下的大地承担不起前人的志向
人心不足蛇吞象

我把寻觅的号角再次吹响

奔跑的废墟

奔跑,沿着漆女城的废墟
风在日夜兼程
把远古的英气传播
把沉睡的生命推醒

草,从不嫌弃土壤的贫瘠
儿不嫌母丑,云在争分夺秒
云的脸色偷偷地在改变
母亲的心事被淋湿

种子好像集体翻了个身
向左向右向前向后
成千上万颗星星在大地上栖息
像夏播后的玉米地

奔跑吧,少年
奔跑的少年像奔跑的领头羊
滴水可以穿石
滴答滴答,滴到春秋,滴到鲁国

民贵,君轻

打开大门,大门又在何处

迎接远方来的朋友
都说人不可貌相
孔子从北边来

海水不可斗量
老子骑着青牛从南边赶来
老子撬不动地球
再高的树也做不成足够长的杠杆

作别剑桥的云彩
玄奘西去取经铺成的丝路
普度纵生的佛祖拯救不了枪口下的藏羚羊
可可西里的血和泪，请不要视而不见

到底民贵，还是君轻
一只灰鹤从孟庙的侧柏古树上飞来
漆女城上的玉米顿时精神抖擞
地下的漆女还在沉睡

人非草木

倘若天下兴亡
抬起头来，像草一样生像树一样长
那个一手遮天的牛鼻子村长
已经沦落为一条落水的狗

人模狗样，人非草木

一千年以后
我们还不如一具木乃伊
无人问津,何人鉴赏

自古生死两茫茫
我在千年以后的废墟上等
等你突然的一声咳嗽
请不要笑话我依然还是一介匹夫

匹夫有责,你可曾记得
树根扎在土壤里
草根扎在土壤里
我们的根深深地扎在土壤里

举起一个遥不可及的梦

根扎得那么深
却没有吵醒她的梦
我们的目光还是那么短浅
怎么忍心干扰她的远见卓识

草忠于大地
海燕忠于汹涌澎湃的大海
善良的人们忠于太阳
太阳忠于伟人的思想

高举海子关心的小麦玉米高粱
高举我经过的唐王湖护驾山白马河
高高地举起高贵的灵魂
举起某些行尸走肉的臭皮囊

举起爱
举起草
举起她的梦
一个遥不可及的梦

去与不去

山是公的,春天欢迎
花的盛宴

玉皇山的杏花开了,我不去
葛炉山的油菜花开了,也不去
凤凰山的桃花开了,去吗
老龙湾的梨花开了,去不去

地是母的,春风暴露
心的隐私

粉色女子来了,我不说
黄色女子来了,也不说
红色女子来了,说吗
白色女子来了,说不说

荒王陵

风吹来,松针
落寞
风吹去,蝴蝶
落寞

显灵并不显灵
登明楼
东南西,三面
女儿墙

你是我的榜样
——戈妃
我是后来的胆小鬼
又一次打扰安息的明鲁王

如果世界如此的静默
如荒芜的荒王陵
如果你的爱如此荒唐
地宫啊,我将如何许你一米阳光

时光如水

蝉蜕拿来入药
发小,从小喑哑
蟾衣有毒
发小母亲的眼神更毒

小时候,消失在小树林的蟾蜍
长大后,出没在大餐馆的结了龟
怎么了
有的物种绝了种

因为丑,我曾经
奖励过它一枚小石子
因为枯燥,我模仿他们
用长长的竹竿粘它的薄翅

时光如水,我从没有怀疑
消除我的眼肿让我脸红脖子粗的
奶水
也会病变

胡同里最笨的那个成了诗人

海子热的时候,我们还穿着开裆裤
满胡同里跑
顾城热的时候,我们搬着板凳
月光下仰望

村庄里住着母亲和儿子
母亲在喂猪
母亲在喂鸡
顺便喂喂她们的儿子

母亲不懂诗,她连自己的名字
都写不起
我们是胡同里最穷的那家
我是胡同里最笨的那个

母亲从不低头,她连卑微的沙子
都容不下
十年河东,十年河西
胡同里最笨的那个成了诗人

鸟 巢

人死如灯灭
鸟巢空了
老楸树上的乌鸦
一个也没了

爱出者爱返
大伯却一去不回了
满院的香椿芽树
被搬弄是非的连根拔起

分家产的人老了
我得一桌一椅
得了便宜
我也是榆木脑袋

这么多年了
还有谁会想起大伯
空空的鸟巢
如久久不能平静的心灯

甘草

她咳嗽,震得天花板上
伺机捕食的壁虎
断了尾巴
她竭力将声音压得一低再低

他害怕蛇,甚至墙上悬挂的弓
月色朦胧
甘草,反复地熬
我若一只石猴,隔岸观火

清 明

河的左岸
大伯继续一杯一杯
收买世间的小鬼

河的右岸
小姑依然手拿敌敌畏
怒视人间的虫豸

一条河
两个村庄
大地一片静穆,一片荒凉

十年生死
两茫茫,我的臭皮囊
折射钟馗的灵光

简 陋

他拿"大哥大"
炫耀
我喝着母亲熬的"大疙瘩"
牛棚演变的书房四处漏风

他的牛脖子上有一串链子
金光闪闪
我磨着东躲西藏的马蹄铁
摩托车简陋得只剩下铁

简陋一些
简单一点
胡同里的人们
不知何时成了陌生人

飞上枝头当凤凰
还是脱了毛的凤凰不如鸡
简单一些,如果心
我们也就不会成了陌路人

凤凰山上的凤凰去哪了

对视唐代大佛
我的心慌了
太白楼上,举杯望明月
浣笔泉旁,对影成三人

凤凰山,邹鲁大地最高峰
放眼望去,千树万树挂满了红灯笼
四周的柿子熟了
像极了香山的红叶

上磨石岭寄乡愁
处处石盘处处石碾处处石磨
处处小桥流水
你来与不来,"石"来就运转

风吹过来
凤凰山就像展翅翱翔的火凤凰
我的心晃了一下
与唐代大佛对话

独坐葛炉山

他们来过葛炉山
一个华佗
一个葛洪
还有马兜铃与曼陀罗

悬壶济世
抑或一味地躲避
炼制丹药
抑或一心地想长生

不老,不过是神话传说
古往今来
秦始皇不是第一人
却是千古一帝

独坐葛炉山
左手孟子右手梦
道亦道
德亦德

桃花水母

我是一条小鱼
在孟子湖里艳遇桃花水母
透明得可以看见瑶池
个个如桃花仙子

五亿年前，我们在哪里
在太平洋底
在马里亚纳海沟
在一条美人鱼的子宫里

水是生命之源
开发区的尘与土还在飞扬
工业园的煤与烟还在嚣张
庆幸幸福河的水没有向东流

五亿年前
这里只有大山与小溪
山不转
水转

兰陵古城

春秋,兰陵城
春秋有五霸
我不是那个优柔寡断的兰陵王
举起酒,那个玉碗

我细细地把玩
细细地想
雨山后的那轮明月
可是琥珀的魂魄

桃花开了
粉是我最爱的颜色
用桃花酿酒
我愿一醉不醒

把酒言欢
管它后宫三千还是弱水三千
一瓢足以
足以治我的逍遥罪

十八盘，十八趟

田黄，和石头有关
风吹田黄镇
十八盘六十六万棵林木侧耳倾听
孔子的哭声

风从尼山吹来
风从扳倒井吹来
风从孔子文学奖的叹息中吹来
吹响了十八趟

小溪与小溪重叠
灌木与灌木丛生
举起手来
让我们贪婪一些尽情地深呼吸

一首小诗应时而生
洛阳再次纸贵
田黄的石头屏住了呼吸
虾模仿蟹横行天下

峄山之石

他山之石,可以攻玉
峄山之石,可以成仙
你口口声声说的那个圣人,四方云游
四处走走吧,山不转水转

104 国道,从北到南
究竟有多长
京沪铁路,从北京到上海
思念比铁轨还长

云游四方
我是那个敲木鱼的小僧
经过她的窗外
不忍心捡起一枚石子惊扰桂花的梦

孔子登临处
我是那个小小的石头
云,触手可得
心,飘飘欲仙

荒 王

荒王,朱元璋第十子
沉迷丹药
沉迷歪门邪道
沉迷长生不老

不料,不料
想长生的偏偏短命
想不朽的偏偏腐烂得更快
想流芳百世的偏偏遗臭万年

像丧权辱国的走狗
像卖国求荣的男盗女娼
像落井下石的局外人
可悲,可悲

荒王陵不再荒芜
行吟者继续前行梦游者继续梦游
看古人怎么执迷不悟
看你我怎么重蹈覆辙

溪湖夜月

华灯初上
白马河的水绕过了溪湖
入京杭大运河
一路南行

经钱塘江
小心翼翼地接近西湖
望六合塔
大张旗鼓地勾搭秦月

从夏商周
到宋元明清
明月还是当初的样子
诗歌还是她的影子

苏堤旁,垂柳下
断桥上,哪里是月光
哪里是落雪
哪里是湖光倒影碧山摇的溪湖

朱山公墓

随便找个地方把我埋了吧
我害怕有一天"过劳死"
或者"安乐死"
不能自理比无能无力更可怕

当我老了,儿孙绕膝
老伴追着蝴蝶
轮椅追着她
她的口水像婴儿吸干后的奶渍

朱山公墓就在小区的北面
书房正对着它
自从她在那儿买了一块风水宝地后
上千册藏书被打入了冷宫

我比快递员还忙碌,渴望像个地下诗人
她是一个网购狂
就连写给我的悼词
都和隔壁老王惊人的相似

无名小溪

小溪,等着我给取个吉祥的名字
小溪比小河还细
河水流入唐王湖,河就叫唐王河
溪水流入唐王河,溪就叫唐王溪

小溪,还是无名的好
小溪藏有心事
小溪花事
明媚的春光最懂了

溪边逗留
溪边洗衣裳的花大姐
十几年不见了
十几年不见的还有麻花辫上的黄蝴蝶

黄手绢,不是我送的
纸飞机,不是我叠的
纸飞机上的情诗,是我写的
署名却是老铁的

桃花渡

1

草向死而生,渺小也是一种伟大
花向生而死,浅薄也是一种深情
几回回,生死相随
几次次,因果轮回
春来,春暖
风吹,风寒

葛炉山下,桃木成林,桃木做剑
辟邪,精挑细选
朝东南,芽孢最旺
凤凰山旁,樱花飞舞,樱花酿酒
消灾,张灯结彩
往山下,女装最浓

种桃种李种春风,春风怎么种
一首歌的旋律
把耳朵又一次叫醒

开天辟地红太阳,太阳那么红
一颗心的烙印
让信仰再一次飞腾

几回回,寻陶渊明而不遇
华山论剑
我总是笑而不语
几次次,梦曹雪芹而不贫
金屋藏娇
他总是泪湿枕边

寻
铁鞋也会踏破
功夫也会白费
梦
如瓜强扭
如蚁乱了阵脚

2

桃花带露浓
如黄山安溪的情人谷
犬吠水声中
若歙县棠樾的牌坊群

老王高举一顶帽子,红色的

我们紧跟其后
朝山谷的出口寻
寻幽桃花源

在宁静中思考，灵魂栖居在远方
短发，一寸一寸挣扎
在旷野中狂笑，思想诞生在旅途
胡须，一根一根漂白

插秧的女人，在宁静中奔跑
蚂蟥爬满她绿色的梦想，白皙的乳房
玉碗盛满了月光
成全了她的静脉曲张

拄拐的先生，在桃树下仰望
蜜蜂刺破他膨胀的欲望，肿大的脓包
银针收留了云朵
俘虏了他的骨质增生

给桃一个套袋
老王的红色小帽，刚刚好
桃花一落
阳光一照，微红，泛绿

3

一个人，走了运

连狗都会对你逆来顺受
桃花开的时候,我推也推不掉
连狗都兴奋的桃花运

袁芳,你怎么看
她喜欢粉色的,包括炎热的夏季
为这,她要生一个女娃
这样,爱就可以光明正大

提前烧一封旧信,桃花树下
粉的是蝴蝶
灰的是蝙蝠
火是醒来的灵魂

魔鬼张牙舞爪,往往一而再
再而三地冲动
女神嫣然一笑百花迟
桃花朵朵落

4

拂过水面,拂过春风的杨柳
渡我过河,渡我
躲过
桃花劫

十里长亭

千里莺啼绿映红

我的白马河,我的白龙马弟兄

白花花的银子填不满太阳的黑洞

借乌镇的青墩与乌篷船

借梁山的水泊与杏黄旗

嫦娥已经飞天

玉兔不再下凡

借来的三千"草船箭"

我该怎么还

桃花渡

如今,我是一座小小的城

驯服记

我不做诗人
诗人心中暗藏了小兽
我不是俊杰
骨子里残留着霸气

锈迹斑斑的铡刀正好
打磨成一把明月刀,适合展昭行侠仗义
麦田守望者捶胸把心掏给稻草人
麦秸被碳化,和宋朝监狱的栅栏遥遥相望

叶,应时而落
水不转,山转
上磨石岭的磨石不转,白马河的水转
凤凰山的柿子红了点灯,葛炉山的亭子空了放风

挥刀断水,水更流
华佗寻草药,葛洪炼仙丹
斜风细雨不须归
我是那个信誓旦旦的训狮人

影子记

遇见你,千杯不醉
不是酒掺了水,而是我习惯了米酒的味
喝,喝多了,你的影子晃
你的声音比雨后的竹笋还脆

扶墙走,爬楼梯
从南屯,到站大东章
从天黑,到天微明
遇见你才发现误会了铁轨与枕木

煤在灶膛里
妹在澡堂里
水火自古不容
煤的影子渲染了妹的样子

太阳的影子未必光明正大
月亮的影子也许躲躲藏藏
白云,乌云
到底谁是谁的影子

废铁记

一块废铁,哭了一夜
眼泪浑浊,像祖母下葬时黄土的颜色
八根铁钉,当当当,咣咣咣
三代人阴阳相隔

兄弟抱一下,曾经打虎亲兄弟
分账后,各顾各家
梦里花落,怎么各找各妈
铁铲铁锅铁盆铁饭碗

砸锅卖铁,怎么砸
合久必分,怎么分
三下五除二,大雪纷飞
只剩下一个废旧的马蹄铁

马已经重返草原
草料已经重返大地
打铁的已经站成铜墙铁壁
只等马蹄铁的一声吆喝

月亮的哀愁（组诗）

死亡的翅膀

狮子的霸气渐渐地消失
食指的力量一而再再而三地弯曲
柿子的千呼万唤
不及一个突然出现的红衣女子

丝网的纠结
丝丝入扣的诗句
丝丝入扣的关于她的趣闻
不及一只忽然死去的花大姐

死亡的翅膀
——张开
知秋而落的银杏叶
如片片黄金

月亮没收了红灯区的所有妖气
裸露回归自然，荒漠好比绿洲的母亲

宁可死亡千次,也不放纵一回
海市蜃楼是那死亡的翅膀

湖水

湖,不一定是唐王湖
也许是孟子湖
或者是莫亭水库
水,一定得清

来,不一定是白鹭
也许是白露
或者是柔软的阳光
去,一定有影

三月,小荷才露尖尖角
六月,接天莲叶无穷碧
九月,留得枯荷听雨声
莫问,一年滴尽莲花漏

莫听谗言
莫传谣言
莫忘誓言
湖水平静如镜

白月光

月光白得很

我的陈老夫子是否还记得
你的鄙夷不屑
让我在牛棚里关了一个世纪

思想很重要
哀愁算什么
绊脚石又能奈我何
我的思想十万八千里

许多年不见，你怎么成了"高老头"
你看，我的记性多么差
把你的姓氏都说错
愧疚也是一种良知的觉醒

若不是那晚的月光太白
若不是鲁迅先生的影子过于高大
若不是你的一句"狗肉上不了桌子"
我仍然在田间地头玩牛粪

一盏灯破碎了

你的名字让我的咽喉发痒
我的心好比一潭死水
风呼啸而来
一盏灯随之破碎了

灭了，我的心咯噔一下

光去了哪里
去了谁家
亲吻了谁的红唇

左手孟府,右手孟庙
让我们不计前嫌"洞槐望月"
青春纪念册上还有你泛黄的豪气
"月亮,拿来作灯——"

是谁让月亮蒙羞

月亮的哀愁,如添香的红袖
风在十八楼鬼哭狼嚎
一盏灯破碎了,如残缺的梦

风 声

风声
太紧
云在收集女人们的眼泪

夜
太长
酒在麻痹沉沦者的神经

风声
松了吗
母亲的手擀面又凉了

夜
又要短了
田野的芨芨草又挂满了露水

白云深处

登高望远,白云深处
一个小小的家
一个小小的她

我是那个还俗的小和尚
请不要轻易许下诺言
请不要做爱情的囚徒

两小无猜

两小无猜的两个人
一个望云
一个看水

耳濡目染的一代人
云,未必远
水,未必近

月亮的哀愁

月亮升起来了

花大姐学十字绣,一次次把食指扎

经过一夜的挣扎
月亮发出了一声叹息,墙上的弓像十字架

老了就老了

从不奢求什么长生不老的丹药
唐王湖里的荷花凋零了
护驾山上的椿树叶落了
谁也挡不住季节更替
大地从未忘记回春

涂脂抹粉也掩饰不了什么
穿红戴绿也挽救不了什么
深邃的眼神,被世俗一点一点地填满
如水的肌肤,被烟火一层一层地榨干
什么都可以,只有爱不可以

老了
就老了
心是永恒的,爱是永远的
美人在我的怀里老去
我是那末路的英雄活了几个世纪

致马褂木

稽灵山路 9 号,别了
315 室,不是病室
更不是囚室
我们的前嫌,已经冰释

两旁的马褂木啊,巨大如大风车
堂·吉诃德也曾与之决斗
皖南事变后的风
让山上的墓碑过早地触摸到了秋实

五步蛇的毒
足以杀死一千只黑蚂蚁
摇落的淡竹叶
足以满足她的一个想象

马褂木的叶,如如来的手掌
如果太阳的光芒
恰巧射下来
一只蜘蛛恰巧痛定思痛

沉沦之后的沉默
未尝不是一场绝处逢生
无限拉长的丝
如悟空的金箍棒

秋后的叶,犹如刘墉的黄马褂
和珅的笑
仿佛八爪鱼与螃蟹
近亲结婚的产物

月儿,请允许我这么叫你
我害怕你变成月牙儿
老舍的祥子还在月色下拉车
虎妞还在等她的骆驼

你也在等你的骆驼
在沙漠中行走
或者去寻找楼兰古城
更多的人去寻宝

我也去
楼兰姑娘,我要听你歌唱
漫天的风沙,如马褂木破碎的心
每一个木屑比破裂的泡沫还碎

梦,抑或海市蜃楼

我们捡起稽灵山路上的"万两黄金"
堆起黄金屋，争先恐后为梁的竹笛与玉箫
堆起一本书，堆起一堆火

叶子在呻吟
抑或唱一首外星人的歌
火光在跳跃
跳一曲求之不得的圆舞曲

哭，你哭，号啕大哭
伏在我厚重但不宽广的胸膛
盈袖的暗香
我来不及嗅

我的手不知如何安放
还有那颗忐忑不安的灵魂
假装的正人君子
还是本来就是一个绅士

君子坦荡荡
微光照在你的银项圈上
掬一捧屯溪的水
把哭花的脸拍干净

半个太阳升起来
多么美，没有里三层外三层的涂抹

像刮腻子装饰出来的美女,那是城市的尤物
那是面具的俘虏,虚荣的囚徒

像马褂木一样光滑,像翡翠一样绿
我不忍触碰,美好的归于美好
清纯的属于清纯
甚至,我不敢直视

根,深深地扎入
土壤,那么红
隐蔽在暗处的狼狈
嗅到了我们沸腾的血液

麻辣的味道
愤怒的声音
这里的土,那么那么红
那是红军的鲜血染红的

这里的树,那么那么直
那是人们的善良浇灌的
他们是最可爱的人
他们是这片土地的英雄

豺狼怎么敢来侵犯
你看,满树的枝桠在阳光里闪烁
也是迎接列强的标枪

片片叶如小李飞刀,概不虚发

315 室内,刀光剑影
一个金庸
一个古龙
我们是一群中国武学的跟随者

315 室外,谈笑风生
白发的先生
漂亮的女生
我们是一伙心怀鬼胎的旁观者

甚至,我们仅仅是一群胆小鬼
遇见爱,不敢去爱
卑微得把高贵的头颅
埋在岩石的缝里

马褂木,给我力量吧
哪怕做一只飞蛾,也要扑向火
秦时的明月啊
让我们跨越时空对话

霸气,但不霸道
神气,但不神经
稽灵山路 9 号,犹如发报机
向世界宣告:我们的爱情

蝴蝶的梦

蝴蝶的梦很小很小
小得被风玩弄
小得只剩下蝉的嘲笑
想念悟空想念悟能想念悟净

蝉衣可以入药
镇静,利尿
蝴蝶遗弃的茧
抽丝,缝衣

夏,很小很小
夜,也小
局限于一间昏暗的小屋
局限于一张单人床

剃光的头比故乡的路灯还亮
进出的门吱吱呀呀
像芦苇坡上空盘旋的乌鸦
蝴蝶把晚秋还给毛毛虫

蜘蛛的情欲

飞翔,未必需要翅膀
情欲,未必只剩膨胀
蜘蛛稳坐中军帐
蜘蛛守株待兔

等待爱情
等那只移情别恋的尤物
风来了,风摇
雨来了,雨晃

逃之夭夭的,除了欲望
还有什么
画地为牢的,除了规则
还为什么

向上拉,向上拉
向上的欲望
我以弹射的姿势
等你张口,吞下这该死的世俗

狐狸的体味

香水有毒,我的鼻子嗅觉全无
狐狸劝导黄鼠狼金盆洗手
白马河旁的故下村一分为二
西边养鸭,东边喂鸡

目光短浅,我又一次目不识丁
老村长劝我凿壁偷光
白面书生才会与狐狸精艳遇
我的脸苍白,却不是书生

天下无贼,我的心里藏着一个小偷
她的心里究竟藏了什么
等她眷顾,等她拍一拍我的榆木脑瓜
我的试卷总是大红灯笼高高挂

她像一幅画里的狐仙
只有我渴望窃取她的妩媚
当局者像旁观者,远远地躲开
我的鼻子嗅不到她的暧昧

蜗牛的抱负

一夜暴富,对于蜗牛
无疑天方夜谭
蜗居虽小,对于我
胜过天降雪国

修书一封
一封休书
鸿雁归来,鸿雁向南飞
落日远去,落日向西落

一步一步,葡萄熟了
西屋读书的少年打了一个哈欠
梅花的图案被蚊子的血加深
先生的文字跳了出来

彷徨与呐喊
黄鹂嘲笑蜗牛的徒劳
葡萄籽已经入药
谁替谁把江湖笑傲

奶奶的沉默

太阳照在白马河上
明媚的春光不适合入梦
适合放羊
适合爷爷低着头思考

村北通往老北屯的地板车土路
塌陷的沟一分为二
路北是小姑的领地
北风一起，你可以闻到敌敌畏的气味

路南是大伯的坟地
蒲公英开的时候，空气中弥漫着
老白干的芬芳
爷爷绕过一口一口的水井

庄稼长势极好
圈里的羊比哭了三天三夜的小叔
还安静
奶奶捧着一张泛黄的老照片，发愣

父亲的腰

阴天或者下雨
父亲的腰总会疼痛无比
他不说,我们也木
总以为他在假装

累了,就歇歇
母亲劝他
弟弟总以为父亲不疼不爱
甚至有点记恨

六岁那年,弟弟跌倒在地
半根烟的工夫才爬起来
父亲靠着一棵大树
悠哉地抽着大前门,吐着烟圈

那年,我十岁
等我从家里跑过来领弟弟
才发现豆大的汗从父亲的额头
往外冒

葬花的情人

林黛玉还活着
我看见她在葬花

如果我死了
我选择河葬,竹筏上洒满鲜花

油菜花真美
不适合送葬,玉兰花太奢侈

情人的灵魂过于高贵
所以,我选择复活

情人的眼泪

有了感觉
我还是选择沉默

下扬州
我们选择三月

烟花满天飞
你的眼泪足以毁灭一个星球

禁令即将送达
飞牒还是一去不返

白马河之念念不忘

白杨树的兄弟们都去造纸了
刻有傻大哥与花大姐名字的那棵树
也去造纸了
浩浩荡荡地进了城

洗了千百次
漂了千百次
洁白的纸容不得眼泪的洗礼
浩浩荡荡的水奔向了白马河

写给她的情书叠成了纸鹤遮住了云朵
一句誓言,终究无人来兑现
想同她同桌又怕与她同坐
秘密被风破译

终归有人为爱情背上枷锁
白马河,我走了
等天蓝了,我来接你
这是我念念不忘的一纸判决

故乡的蛇

故乡不像江南
水乡已剩不多

故乡的蛇
比水草还寂寞

邂逅的那个姐姐
不是李清照

冷冷清清
蔡文姬解答如梦令

大地之秋

你来了,迈着轻盈的步子
如娉娉婷婷的女子
我不敢妄自菲薄
数着清风徐来的日子
悠长的雨巷
拉长的影子
谁家的姑娘对镜贴着花黄

秋,我的秋
情人,我的情人
你来了
在怎么也惊不醒蛰伏的梦里
在怎么也分不清谷雨的夜里
在护驾山无法触摸的云里
在白马河无法挽留的风里
你来了,捧着清香的莲子
像出水芙蓉的仙子
我不能摩拳擦掌
望着水波不兴的样子

清白的故乡
慵懒的月子
谁家的媳妇欣喜又若狂

我的秋,秋
我的情人,情人
你来了
在小麦飘香的田野中
在盛满了乡愁的碗中
在高粱醉了的酒缸中
在莫言沉默的小说中
你来了,捡起泛黄的叶子
似爱好和平的鸽子
我不会熟视无睹
看着虎视眈眈的狼子
一节节芦苇
一把把钢枪
吾家的小子必寸土不让

你来了
我的秋,我的情人
我的情人,我的秋
层林尽染,我的爱比火焰还高
日月为鉴,我的情比北海还深
两手准备,你是我的骄傲
一颗红心,忠于你的信仰

你来了，我的秋天
若我的情人
轻轻的轻轻的
我不敢说出你的名字
只道天凉好个秋
用墨香书写梅兰竹菊
好一个正人君子

寻找一个像樱花一样的女子

1

春风路过这里,路过孟子故里
路过清白的白马河
路过一贫如洗的故下
路过我的梦,比雪还白,比鹅毛还轻盈

等雪的雪,把秘密交给了唐王湖
死亡也是一种新生
等火的火,让谎言沉寂于荒王陵
光明却是一种永恒

春雨淋湿这里,淋湿邹鲁大地
淋湿庄严的白杨树
淋湿两袖清风的烟囱
淋湿我的乡愁,比酒还浓,比琥珀还透明

等樱花飞舞,把凤凰还给凤凰山
浪漫也是一种传奇

等尘埃落定,让伏羲坐镇伏羲庙
天光也是一种地气

2

我固执地认为
从双溪到白马河有暗道相通
从白马河到屯溪有明渠相连
借李清照的舴艋舟,趁月色妩媚
星星点灯,一路南下
寻寻觅觅,寻找一个像樱花一样的女子

樱花极美,一朵一朵花开
樱花极香,一树一树芬芳
白的白,若雪,若她的肌肤,肌肤上的水珠
如花仙子,跳来跳去
粉的粉,若荷,若她的披肩,披肩上的蝴蝶,
如小精灵,翩翩起舞

我偏见地认为江南的樱花最美
白马河的水经老运河从新安江向钱塘江流
流入西湖
还好,苏堤还在
还好,白堤还在
还好,十八年前的约定还有人记起

3

屯溪是新安江的一条支流
北岸是一条长长的老街
比我长长的四年还长
南岸是一座幽深的校园
比她幽深的眼神还深

历经宋元明清
历经风霜雨雪
历经火，欲火，妒忌的火
肆无忌惮的天火
青葱岁月野炊的小火

历史不曾忘记
我们也是历史的见证者
繁华，如璀璨夺目的樱花
冷清，又像樱花被风吹雨打后的狼藉
泪水禁不住潸然而下

处处鸟语花香
处处知书达礼
处处青春洋溢
处处芳华依旧
处处勾起的回忆，装不下我的舴艋舟

我把舴艋舟泊在乌篷船的一侧

单薄而格格不入
鸬鹚排成一排,昂头挺胸
似乎在欢迎我旧地重游
只不过物是人非

溪水依旧,清澈见底
鹅卵石依旧,清晰可见
马褂木依旧,叶子如鹅掌
海棠依旧,不见了卷帘人
我心依旧,星星依旧,星星知我心

伸手去摸,更光滑了
光滑,幸好不圆滑
张手去掏,更麻木了
麻木,幸亏没石化
那个硕大的鹅卵石就是十八年前的那个

那个刻了我俩名字的
那个樱花绽放的夜晚
那个许下诺言又像影子一样消失的女子
那些花样年华,消失了
那么的干脆,那么的无声无息,那么的又上西楼,月如钩

清风徐来,它纹丝不动
仿佛记恨我的无情一抛
或者埋怨我的一去不回

像东去的滔滔江水
匆匆而去,聪明的,谁能告诉我

我傲慢地认为她藏在某朵花里
像樱花一样守着孤独
守着初心
守着春天的温馨
守着海枯石烂的诺言

捧一本徐志摩的诗集
站在樱花树下,等一颗心
撑一把油纸伞
于雨巷,与戴望舒等,等一个飘然而过的
姑娘,丁香一样的姑娘

我不知道她是谁
也不知道风从哪个方向吹——
你看,一朵樱花一个女子
或多情或痴情或深情
一片像林徽因,一片像陆小曼,还有一片像张幼仪

像粉,一样纯真
像影,一样飘忽不定
像我,一样认真
背叛,永不
哪怕你的眼睛背叛了你的心

寻找一个樱花一样的女子
我倔强地认为每一片樱花就是一个美丽的女子
她有丁香一样的芬芳，丁香一样的思想，丁香一样的惆怅
她不是我苦苦寻找的那一个
她有樱花一样的品质

4

我从孟子故里来
古徽州，又称东南邹鲁
笔墨纸砚
挥毫祖国大好河山

左手写孟子
我是那个一贫如洗的木偶
右手画梦
我是那个名不见经传的小丑

人之相识，贵在相知
人之相知，贵在知心
我仍然执着地认为爱憎要分明，耻辱不能忘
像鲁迅先生那样痛打落水狗

对那些崇洋媚外的"奴才们"深恶痛绝
给那些卑鄙无耻的"先生们"一座荒漠

给那些嗤之以鼻的"小姐们"整个北冰洋
给世间的小鬼——蚊子的刺,蜜蜂的针

5

鱼与熊掌不可兼得
喜欢与爱不可共享
喜欢是浅浅的爱
爱是深深的喜欢

世上的女子千千万
窈窕淑女万万千
君子好逑一生,花开
一念

寻找一个樱花一样的女子
夕阳西下,像我一样,看夕阳红
多么像被血染红的樱花
多么像青春燃烧的火

樱花烙在我的肩上,烙在心里
那么深,那么沉,那么香
我不是那个断肠人
小桥流水人家,曾是我们向往的天涯

白云深处是我的家

我本是一个渐行渐远的行吟者
我不是诗人，本是个过客
我不是传道士，本是孟子故里的一个小小的石头

——我从孟子故里来
顺河而下，
江南的雨巷，悠长
淹没在烟雨中

——左手孟子右手梦
逆流而上
江南的樱花，优雅
凋零在春梦里

樱
花
雨
有了感觉，我还是选择沉默

6

我在仰望，稽灵山
"人鬼"情未了
白云悠悠
我会一朵云一朵云地寻找你

瓦蓝瓦蓝的天空

那是孟子湖的水染成的
还是母亲的外套
掉了色

樱花一样的女子呦
我望见了顾城
一会儿远，一会儿近
而你，离我总是很远很远

我总是模仿
拿着一把旧钥匙，敲着雨巷的墙
厚厚的长长的墙，剥落的墙
在月下行走，我敲的好像是你前世丢弃的木鱼

施主啊，我究竟是敲还是推你的门
你为什么不说话
樱花树下，我与谁对影成三人
你酿的樱花酒，我未饮心先醉

来，来，来
让我们举杯
与李白对饮三百杯
让我写完这首长一点的诗

可是，你不说话
就像现在的城市，落寞

你不说话,你不是我寻找的那个女子
你不是那个像樱花一样的女子

继续寻找
不放弃
不抛弃
不舍不弃,不弃不舍

恋恋不舍
恋恋不舍孟庙棂星门南不远处的一抹红
念念不忘
念念不忘白马河上一千零一颗失眠的星星

每一颗星星,都有樱花的影子
从白马河到新安江
没有谁
风生水起

樱花的颜色,樱花的芬芳,樱花的飘逸
惊蛰就要到了
惊蛰,怎么也惊不醒蛰伏的你
像樱花一样的女子,魂牵梦绕的女子,念念不忘的女子

置身花海
我仿佛看到无数朵樱花化成一个你,朝我奔来
春暖花开

　　我确定你就是那个化成樱花的女子

　　故乡已是春天
　　月色依然妩媚动人
　　星星继续点灯，大红灯笼高高挂起
　　交相辉映中，一个像樱花一样的女子，翩翩起舞

后 记

我的心仍在等待,等待花开——

我的心仍在流浪,流浪远方——

三毛说,我来不及认真地年轻,但可以选择认真地老去。

"前三十年,拼命地读书;后三十年,潇洒地写书。"这是我对一位作家朋友说的。

"东故即将消逝,西故已成废墟。"我曾经说过,东西故,我指的是老村。

我的童年,就是在东故村度过的。我生活在高家胡同里,尽管胡同的名字是我后来安上的,但颇有意义的。这比起香港路、澳门路、台湾路,更有小家碧玉的感觉。那些如大家闺秀,我们却有一种清秀、空灵、朴素、高贵的美。吸引我的还是那条美丽的白马河,还有关于它动人的传说。

家北是黑土地,家南是黄土地。

我们从未嫌弃过"黑妮",也不曾溺爱过"黄妮"。

父亲总是说,"两碗水端平"。

我总是信以为真!不知后来两碗水他端平了没有?后来的事,以后再说吧!后来的故事,应该在以后的散文里,或者在以后的小说里,一一与读者见面的,让我们翘首期待吧。

母亲总是教我们怎么做人。

我总是模仿！而且牢记——

不拿别人的一针一线，我的童年缺少了一种灵性。没掏过鸟窝，没捡过牛粪，没摘过苹果，没蹲过墙角，没站过大街……我发现，我还有许多事情没有去做。我的童年是枯燥乏味的。

我的少年时代，懵懵懂懂地过了一年又一年，如树划着年轮。

我的小学时光，是羞涩的，是知耻的，是小心翼翼的。每一个同学，都比我强。每一户人家，都比我家富裕。

人生的每一步，我总是在摸索——什么是美，什么是丑？什么是好，什么是坏？什么是爱，什么是恨？

爱和爱是不同的！

爱，我更加懵懵懂懂的。

梦，我也是朦朦胧胧的。

梦像氢气球，飞——飞向东方圣城的天空，飞向邹鲁大地的山山水水，飞向孟子故里的每一个角落，飞向银河系，飞向宇宙的最深处——问问：我还要等多久？

我的初中生活是难忘的。与火车争分夺秒，听杨钰莹的歌，听孟庭苇的歌，读鲁迅的小说，写日记，买杂志，跑步，跳远，我的成绩不容小觑呦，我的成绩总是遥遥领先。可是，不知怎么的我居然名落孙山？而且接二连三地等了三年，其实啊，我在等一个女孩。只是，她不懂，她装不懂。她不知道，她装不知道。

孟子知道。

孟子知道我们未知的，孟子说过，"富贵不能淫，贫贱不能移,威武不能屈。"

孟子没说,以后,我会遇见谁?

这不,后来,我遇见了她。

后来,我遇见了无数的她。

好比余秀华说的那样,我是无数个我奔跑成一个我去"爱"你。每个人都在"巴巴地活着",于是"幽幽见南山"却成了我梦中的生活了,"神仙姐姐"更是梦中的梦了。超凡脱俗,越发的遥远了。

人是有两面性的。物质的与精神的,邪恶的与正义的,白天的与黑夜的,扪心自问:我是一个偏重精神的正义的热爱白天的人。而不是一个隐士,我们不能逃避生活,应该敢于面对,像孟子一样周游列国,敢于说,敢于做。

像闻一多先生那样,说与做。

像良心未泯的人们追求的那样"为良心写作"。

像语文老师讲的那样,"孺子可教也。"

李敖说:"要想佩服谁,我就照镜子。"我喜欢他的狂放不羁,却又不及他的千分之一。

写小说,我是不及他的;写诗歌,他却不及我的。不信,你可以去问问他——以前,我们是一海之隔;现在,我们是阴阳之隔。我们未曾谋面,却心有灵犀。500年后,写诗写得最好的,应该就是我了。不信,你可以等到500年后,听听后人的评说。

读书,是我的爱好之一;听歌,也是;探险,也是。

我在屯溪求学的那四年,每个周末,必然去寻幽探险。曾记否,新安江畔野炊——"谈笑有鸿儒,往来无白丁";曾记否,小龙山旁许愿——"两情若是久长时,又岂在朝朝暮暮";曾记否,稽灵山上寻宝——"他山之石可以攻玉"。

我们爱过又忘记,爱因为爱书,忘记因为书呆子气。

我一如既往,买书,买书,买书。

以至于我现在的藏书已有上千册。和那时候的怪脾气分不开,人家抽烟喝酒打牌,或者弹吉他,或者逛大街,或者看电影。我要么看书,要么踢足球。我是我们学校读书人之中踢球踢得最好的,也是我们学校踢足球者之中看书看得最多的。

以至于后来,一个师姐说我是全校第一个写书的人。

她是指 2017 年出版的诗集《我从孟子故里来》。

她微微一笑,微微一笑很倾城的样子,让我深信不疑。尽管我没有去调查,毛主席说过,"没有调查就没有发言权!"

至少,我是我们所有小学同学之中第一个出书的人。

或者说,中学同学也可能是。

邹鲁大地,人杰地灵。我不过是刚刚学步的孩童,刚刚入门的新生,给我翅膀我要飞翔,给我梦想我要辉煌,我在仰望——孟子博大精深的思想!

与其张狂,不如仰望。

以前的我,总是躲藏,总是谦让,总是热爱太阳。

现在的我,仍然躲藏,仍然谦让,仍然热爱太阳。

以后的我,还是一样。

——这是我的"左手孟子右手梦"。

高发奎

2018.5.28